작가라는 이름으로

작가라는 이름으로

2024년 11월 28일 초판 1쇄 인쇄
2024년 12월 16일 초판 1쇄 발행

지은이 | 박인애 외 6인
편역 | 박인애   편집 | 김추산
펴낸이 | 孫貞順
펴낸곳 | 도서출판 작가

　　　(03756) 서울 서대문구 북아현로6길 50
　　　전화 | 02)365-8111~2   팩스 | 02)365-8110
　　　이메일 | cultura@cultura.co.kr
　　　홈페이지 | www.cultura.co.kr
　　　등록번호 | 제13-630호(2000. 2. 9.)

편집 | 손희 김치성 설재원
디자인 | 오경은 이동홍
표지디자인 | Janice Park
영업 | 박영민
관리 | 이용승

ISBN 979-11-94366-11-9   03810

잘못된 책은 구입하신 서점에서 바꾸어 드립니다.

값 17,000원

작가라는 이름으로

작가

***

차례

***
김추산

삶의 궤적 속에서 말이나 글에 담을 수 있는 순간이 얼마나 될까. 눈으로 보는 것, 귀로 듣는 것, 만져지는 것, 가슴에 닿는 것이 다 글의 대상임을 부쩍 느낀다. 하여 떠돌던 말을 허우적거리며 끌어당겨 가뭇없이 사라져 가는 시간 속에서 기억하고자 하는 순간, 상황, 사건, 사람 등을 글로 남긴다. 일상에 의미를 부여하는 일이라 여겨져 설렌다. 눈으로 스캔하고 머리에서 기억하고 가슴으로 느낀 생의 찰나들이 글 속에서 활어처럼 숨 고르다가 혹여 웅크린 어떤 마음에 여울로 가 닿는 꿈을 꾸어본다. 여기까지 인도하신 주님께 감사드린다.

***

신풍 종묘사

선물처럼 봄비가 내렸다.

물오른 산수유 가지마다 노란 봉오리들이 불꽃 터지듯 파안일 小破顔一笑하고, 영산홍 잔가지엔 별을 따다 붙여놓은 듯 벌어진 꽃받침들이 하늘 향해 손끝을 펼쳐서 들고 있다. 문득 지인이 건네준 더덕 뿌리가 생각났다. 깊고 큰 화분을 꺼냈다. 바닥에 흙을 조금 깔고 그 위에 말린 바나나 껍질을 잘게 썰어 넣었다. 마른 달걀 껍데기를 전자레인지에 소독하고 갈아서 흙에 섞었다. 신문지에 싸 두었던 더덕 뿌리를 꺼내 화분에 담고 흙을 골고루 흩뿌려 심었다.

물을 주며 한 계절 지나는 동안 얼마나 자라려는지 기대하는 한

편, 정든 골짜기를 떠나 낯설고 물선 곳에서 뿌리내려 잘 자랄 수 있을지 내심 걱정되었다. 길이가 새끼손가락보다 짧고 젓가락 두께 잔뿌리들은, 더덕의 모체에서 떨어진 씨가 결실한 어린 더덕일 터였다. 가느다란 생명체가 자라서 꽃 피우고 씨 맺고 지기를 거듭하며 유구한 세월을 거쳐 왔을 것이다. 그 원초적인 생명의 기원을 유추하다 보니 예전 화단에서 씨를 받던 추억이 떠올랐다.

집 앞 화단을 포토존으로 가꿨던 때가 있었다. 천일홍, 루드베키아, 맨드라미, 무스카라, 범부채, 족두리꽃 등 삼십여 종을 키웠다. 씨 심은 후 꽃을 보고 다시 씨를 받는 재미에 푹 빠져 거둔 씨앗을 예제 나누며 씨 전도사 노릇을 했다. 어디서든 꽃 진 자리에 앉은 씨방을 보면 전율을 느꼈다. 손 닿는 곳이면 어디든 다가가 씨를 받곤 했다. 겨우 몇 알 받으면서도 마음은 이미 꽃을 얻은 것처럼 설렜다.

아버지는 종묘사 주인이었다. 우리 가게는 이대 입구와 신촌 로터리 사이에 있었다. 근처에 신촌역이 있어 근교에 사는 농군들이 기차를 타고 씨앗 사러 오기 좋은 위치였다. 그 당시 종로나 시내 몇 군데 큰 종묘사들이 있었던 것을 제외하면 아버지가 운영하던 '신풍 종묘사'는 제법 자리가 잘 잡힌 곳이었다. 철 따라 나오는 채소 씨와 과일 씨, 곡식 종자와 온갖 종류의 꽃씨를 팔았다.

아버지 가게에 들어서면 매장 왼쪽 벽에 한의원 약장 같은 서랍장이 있었는데, 그 속엔 각종 씨앗이 종류별로 들어있었다. 오른쪽 바닥에 깔아 놓은 크고 작은 도래 멍석에도 씨앗이 수북했고, 가게 뒤편에 있던 창고 역시 씨앗이 담긴 포대가 잔뜩 쌓여 있었다. 그곳엔 누런 줄무늬 고양이가 쥐로부터 씨앗을 지키느라 보초병처럼 눈을 번뜩이며 어슬렁거리다 몸을 길게 늘이고 포대 위에서 잠들곤 했다. 귀가 얼마나 밝은지 조그마한 소리에도 발딱 일어나 다시 눈에 불을 켜곤 했다.

여름이면 아버지는 목포에 있는 농장에서 참외를 트럭으로 싣고 와 동네 사람들에게 나눠주고 씨를 모아주길 부탁하셨다. 그들은 맛있는 과일을 거저먹으니 좋고, 아버지는 씨를 거둘 수 있어서 좋으니 누이 좋고 매부 좋은 격이었다. 수박도 그랬고 노각도 그랬다. 겨울엔 식구들이 모여 해바라기씨와 호박씨를 연탄 난로 위에 구워 까먹곤 했는데, 이젠 오래된 필름 속 풍경처럼 흐리고 빛바랜 기억으로만 남아있다.

나는 종종 아버지 가게에 놀러 갔다. 그곳에 오는 손님은 대부분 허리 굽고 머리가 흰 노인들이었다. 할아버지들은 중절모자나 짚으로 된 모자를 쓰고 계셨고, 쪽진 할머니들은 몸뻬나 무명 한복 치마저고리를 입으셨다. 그들은 아버지가 자리를 비울 때면 돌아올 때까지 기다렸다가 씨앗을 사 가곤 했다. 아버지는 먼

길 마다하지 않고 찾아온 그분들께 씨앗을 후히 드리는 건 물론이요, 점심값에 차비까지 챙겨주셨다.

그곳에 가면 나는 도래 멍석에 있는 씨앗들을 만지작거리기도 하고, 까치발을 들고 서랍장을 열었다 닫았다 하며 재잘거렸다. 이건 무슨 씨냐고. 어떤 꽃이 피냐고. 열매는 어떻게 맺히느냐고. 늘 궁금했다. 저렇게 작은 씨앗에서 어떻게 잎이 나고 꽃이 피고 열매가 맺히는시. 아버지는 때론 씨앗을 같이 만지작거리며 뭔가를 설명하셨고, 어떤 때는 나를 번쩍 안아 올려 무릎에 앉히고 이것저것 물으며 말씀하시곤 했다.

아버지는 씨앗을 사랑하셨다. 십여 년간 병상 생활을 하면서도 운신하기 힘들 때까지 씨앗을 관리하셨다. 꽃이 이울듯 파리하게 생이 꺼져가는 마지막 순간까지 차마 손을 놓지 못하고 애달파 하셨다. 실향민으로 살아야 했던 자신이 씨앗과 같은 존재임이 의식되어서였을까. 부모 친지 떠나 낯선 땅에 뿌리 내리느라 힘겨웠을 생, 어쩌면 모체로부터 떨어져 나와 새로운 땅에 뿌려진 씨앗 같은 존재였는지도 모른다.

아버지의 생은 파란만장했을 것이다. 나는 어렸을 때라 다 기억하지 못한다. 다만 전쟁 통에 월남하여 부산에서 피난 생활할 때 미군 부대px에서 일하셨고, 휴전 후에 서울로 올라와서도 PX 창고 관리자로 일하셨다는 것을 들어서 알뿐이다. 어릴 때 셀러리를 땅콩버터에 찍어 먹고 오렌지, 바나나, 과일 통조림, 초콜 릿 등을 먹었던 기억이 남아있다. 그 무렵이 그곳에서 일하셨던 때가 아닌가 싶다.

아버지는 척박한 땅에 뿌리 내린 야생화처럼 돌보는 이 없어 도 꽃 피우고 열매 맺으셨다. 부산에서 어머니를 만나 결혼한 후 서울로 이사해 가정을 일구셨다. 아들 둘, 딸 둘이라는 열매도 맺으셨다. 비록 짧은 생이었지만 이웃에게 사랑받고 덕 있는 분 으로 존경받으셨다. 아버지가 뿌린 씨앗은 손주 여덟에 증손주 아홉의 결실을 보았다. 그 자손은 오늘도 각처에 흩어져 살면서 또 다른 열매를 맺기 위해 부단히 애쓰며 살아가고 있다.

이제 아버지도 안 계시고 씨앗 가게도 자취를 감췄지만, 들녘 에 나가보면 여전히 벼가 익고 온갖 채소들이 너울거린다. 화단 엔 꽃이 피고 나무마다 열매가 그득하다. 천지 지으신 조물주께 서 생태적으로 소진되고 소멸할 수밖에 없는 식물을 유지하고 보존하기 위한 수단으로 씨앗을 만드신 건 참으로 오묘하고 신 비한 일이다. 종묘사를 통하든 통하지 않든 종묘 자체가 갖는 의 미는 아무리 생각해 봐도 결코, 가볍지 않다.

만물의 영장이라 일컫는 사람도 다르지 않다. 생명의 순환 고 리를 통해 대를 이어가게 하셨다. 아버지에게서 나에게로, 나에 게서 자녀에게로, 또 후대로 흘러갈 것이다. 종묘사 청지기였던 아버지는 알고 계셨을 거다. 씨앗이 희생이고 희망인 것을. 그래서 그토록 종묘사를 놓지 못하고 붙들고 계셨던가 보다. 아버지의 선한 미소가 선연한 날이다. 다시 뵐 그날을 기대하며 그리움을 달래본다.

꽃은 싱그럽고 가지에 맺힌 빗방울은 영롱하다. 봄이 눈부시다.

***

몽돌의 노래

그곳에선 물안개가 깃털 세우듯 갈래로 피어오르고 있었다.

오빠는 황제의 길이라는 도로의 언덕 위에서 쉬고 있었다. 나무 밑동은 작살나무의 어린 새순을 품고 있었지만, 미끈하게 쭉 뻗은 참나무 우듬지는 거제 앞바다를 내려다보고 있었다. 아마도 오빠의 기상이 뿌리를 타고 꼭대기에 머물러 있을 거라 여기며 나무를 우러러봤다.

오빠는 익살스러운 몸짓을 할 줄 아는 소년이었다. 초등학생이었던 내게 고등학생이었던 오빠는 선망의 대상이었다. 엘비스 프레슬리의 '버닝 러브Burning Love'를 부르며 둠칫둠칫 몸동작하는 오빠를 보면 덩달아 어깨가 들썩이곤 했다. 기타로 나르시소 예페스의 '로맨스Romance'를 연주하거나 패티 페이지의 '트라이 투 리멤버Try to remember', 사이먼 앤 가펑클의 '엘 콘도 파사El Condor Pasa'를 연주하며 노래 부를 때면 내 손가락도 움찔거리다 그 달콤함에 젖어 들곤 했다. 친구들이 놀러 와 흥겨운 리듬에 맞춰 트위스트와 고고를 추면 나도 엉덩이를 흔들며 장단에 맞춰 몰래 춤을 추곤 했다. 휘문고등학교를 다녔던 오빠는 남성 사중창 단원으로 하이 테너 파트를 맡아서 노래했다. 모자를 삐딱하게 쓰고 옆구리에 가방을 낀 채 건들거리며 다니기도 했지만, 학교에서 아이큐가 제일 높은 수재여서 학교에서나 집안에서 거는 기대도 컸다. 정도 많아서 어머니를 보면 등 뒤에서 어깨를 주무르며 따뜻하게 안아주곤 했다.

오빠와 나는 짝꿍이었다. 아들 둘, 딸 둘이다 보니 둘씩 편을 나눠 뭔가 해야 할 일이 생기면 나는 의례 오빠 편이었다. 첫째와 셋째, 둘째와 막내가 편 먹는 게 자연스러웠을 수도 있고 서로 성향이 비슷하고 끌림이 더 있어서였을 수도 있다. 나이 먹어가며 언니와 더 가깝고 흉허물없이 지내지만 자랄 땐 윷놀이하거나 게임을 할 때면 꼭 오빠와 내가 한 편이었다. 어린 여동생이다 보니 더 챙겨주고 뭐든 양보했을 테고, 좋은 게 좋은 거라며 화낼 줄도 모르고 웃으며 매사를 넘기던 인심이었기에 더 그랬을 것이다.

오빠가 고3 졸업할 무렵 아버지가 돌아가셨다. 대학 입시를 코앞에 둔 시기에 아버지가 위독하게 되자 오빠는 소위 말하는 SKY 대학 합격 통지서를 받고서도 입학을 포기했다. 대학에 가면 공부도 하고 출세도 하겠지만 동생 셋은 누가 공부시키고 돌보느냐며 동생들을 위해 청춘을 내주었다. 그때는 그것이 무슨 의미였는지 몰랐다. 세월 흐르고 나이 드니 이제야 알 것 같다. 자기 삶과 미래를 포기하고 동생들의 미래를 빛나게 해 주고자 했던 희생이었고 품 넓고 깊은 우애였다는 것을. 그 덕분에 세 동생은 화가, 작가, 교수로 자기 몫을 하며 살아가고 있다.

장자의 무게를 견디느라 얼마나 힘들었을까. 철없던 때는 헤아리지 못했던 무게다. 오빠에게도 꿈과 미래, 하고 싶은 일이 있었을 거다. 풍부한 감성과 예인의 기질을 타고나 그림도 잘 그리고 노래도 잘하고 춤도 잘 추었던 오빠를 생각하면 피워보지도 못하고 접은 꿈들이 어디선가 울고 있는 것만 같다. 왜 진즉에 오빠의 삶을 헤아려 보지 못했을까. 이민 생활에 지쳐 나 사는 데 급급하다 보니 자연스레 멀어지고 잊혔다.

미국 생활 십팔 년째 되던 해에 한국을 방문했다. 남편 출장길에 함께 하지 않으면 오빠를 영영 못 볼 수도 있겠다는 생각에 무조건 따라나섰다. 오빠는 오랫동안 병상에서 지냈다. 정신이 혼미해서 나를 알아볼 수 있을까 걱정했는데, 수척하고 창백한 얼굴로 하회탈처럼 웃으며 먼 곳에서 온 동생을 맞아주었다. 나는 같이 웃지 못한 채 오빠를 끌어안으며 속울음을 삼켜야만 했다.

"오빠, 나 알아보겠어요? 추산이야."

"그럼 그럼, 내 동생 추산이 왔구나."

오빠는 고개를 끄덕이며 어눌한 말투로 힘주어 말했다. 한창 활동할 나이인데 죽음을 카운트하며 누워있는 모습에 가슴이 미어졌지만 힘내라고, 아이들 생각해서라도 힘내어 일어나라고 신신당부했다. 하지만 미국으로 돌아온 후 얼마 지나지 않아 오빠는 결국 돌아올 수 없는 강을 건너고 말았다. 그게 오빠와의 마지막 해후였다.

남동생과 오빠의 장지를 찾아 나섰다. 장마전선이 깔려있어 가는 내내 흐리고 가끔 비가 흩뿌렸다. 산밑 마을까지 내려온 둔 중한 구름처럼 발걸음도 무거웠다. 거제 앞바다에 뽀얗게 피어오른 물안개가 장관을 이루었다. 오빠의 수목장 자리를 찾는 건 그리 어렵지 않았다. 거제도 몽돌해수욕장이 바라다보이는 언덕배기에 어머니가 사놓은 땅이었다. 추적추적 내리는 비로 인해 산에 오르는 길이 수월하진 않았으나 잘생긴 참나무 아래 누운 걸 보니 감회가 새로웠다. 꽃다발을 나무 밑동에 놓았다. 자잘한 묘목들을 끌어안은 채로 우뚝 솟은 참나무를 보며 기개 높던 청춘의 오빠를 떠올렸다. 그리도 좋아하고 아껴 부르던 트라이 투 리멤버를 흥얼거리며 지나온 삶 중에 가장 행복했던 시간을 추억했으려나. 미안함과 그리움이 뒤엉켜 감정이 파도쳤다. 엘 콘도 파사의 콘도르처럼 저 바다 건너 본향으로 날아간 오빠가 부디 슬픔도 아픔도 없는 그곳에서 영원한 안식을 누리며 평안했으면 좋겠다.

비에 젖은 바닷바람을 타고 몽돌의 노래가 들려오는 듯했다. 몽돌은 오랜 세월 부대끼며 제 살을 깎고 거친 숨을 가라앉히며 그렇게 둥글어졌을 것이다.

통곡이 노래가 될 때까지.

＊＊＊

사진似眞에의 유감

휘파람 소리가 들려왔다. 피콜로나 단소의 높은음 같기도 했
다. 고개를 들어 창틀 너머를 바라보니 십자가 첨탑 위에 새 한
마리가 앉아 있었다. 새 소리를 문자로는 어찌 표기하나. 마땅한
표기법이 떠오르질 않았다. 굳이 하자면 아마도 상형문자 같은
이상한 글자가 될 거였다. 소리도 흉내 내어 보았지만, 그 역시
내 재주 바깥 영역이었다, 혹시 입술 사잇소리라면 근사하게 따
라잡을까 싶어 최대치로 오므린 입술을 앞으로 쑥 빼고 둥글린
혀 사이로 연신 바람을 쏘아댔다. 하다 보니 비스름한 소리처럼
들리기도 했다.

예전에도 비슷한 장면을 본 적이 있었다. 드넓은 댈러스 하늘

을 여유롭게 회전하던 독수리 한 마리가 십자가 첨탑 위로 날아들었다. 미끄러지듯 내려앉은 그는 무념무상인 듯, 그러나 위용 있게 고개를 꼿꼿이 한 채 마냥 그곳에 앉아 있었다. 자기가 날던 하늘을 보며 자유와 평화를 누리고 있겠지. 십자가 위에 앉아 있어서인지 그렇게 느껴졌다. 아닌가. 먹이를 탐색하고 있을까, 적을 경계하는 건 아닌 것 같고, 다음 행선지를 궁리하려나, 혹시 짝지 생각? 새를 보며 내 생각은 날개를 펼치고 허공을 날았다.

저녁 어스름에 갈대 강변에서 새무리가 날아오르는 장쾌한 장면을 마주하고 그들이 아득히 사라지기까지 가슴 벅찼던 적이 있었다. 무리의 비상을 보며 자유를 노래Song for Liberty하는 나나 무스쿠리Nana Mouskouri의 노랫말에 얹힌 의미를 생각했다. 이상을 꿈꾸는 혁명에의 신념, 인류애의 상징이고 영원한 세계의 등불이기에 그 자유를 위해서 목숨을 버리는 이유를 안다고, 그래서 자유를 기리는 노래를 부르는 것이라고. 새가 떠나고 남은 허공이 그녀의 당차지만 애달픈 목소리로 채워지는 듯했다.

새는 내게 그런 이미지였다. 자유, 이상, 꿈, 비상 그러면서도 고요와 평화를 느끼게 하는 존재였다. 아침에 듣는 휘파람새 소리, 전깃줄에 앉아 있는 참새떼, 계곡이나 천에서 목을 늘이고 조각처럼 서 있는 백로, 나뭇가지에서 열매를 쪼는 직박구리, 소나무 그늘로 날아드는 까치 한 쌍, 유유히 헤엄치다 물을 차고 날아오르는 청둥오리를 보면 그랬다. 자유를 잃고 비상할 수 없는 새는 생각조차 하기 싫었다. 새장에 있는 새들을 보면 감탄은 잠깐이요 안쓰러운 마음이 앞서서 할 수만 있다면 새장 문을 열고 훼이 날려 보내고 싶은 충동을 느끼는 것도 그런 이유에서였다.

인터넷 신문에서 새에 관한 기사를 읽었다. 거기 실린 사진이 얼마나 멋지던지 탄성이 흘러나왔다. 그런데 사진 사이로 빼곡히 실린 기사를 읽다가 탄성은 이내 탄식으로 바뀌었다. 조류 학대에 관한 내용이었는데, 뒤로 갈수록 끔찍해서 꼭 쥔 손에 땀이 흐르고 가슴은 가위에 눌리듯 답답해졌다. 아무것도 모르고 SNS나 매체에서 유사한 사진들을 보며 '엄지척'을 눌렀던 순간들이 후회스러웠다. 내 무지가 그들의 악행을 부추겼을지도 모른다는 생각이 들면서 마음이 어수선했다. 죽비로 호되게 맞은 느낌이었다.

그동안 봤던 숱한 사진 중에 우리를 기만한 사진들이 있었다니. 그 기사에는 사진을 찍는다는 이유만으로 조류에게 못 할 짓 하는 인간의 파렴치가 낱낱이 기록되어 있었다. 학대의 형태도 다양했고 폐해도 상당했다. 예컨대, 전지가위로 새 둥지 근처 나뭇가지를 잘라서 새는 위험에 노출되고 갓 태어난 새끼는 일사병에 죽는다거나, 새 둥지를 막아 들어가지 못한 새가 인위적으로 만든 횃대에 앉아 안절부절못할 때 찍은 사진이 나처럼 문외한의 눈엔 낭만이 깃든 한 쌍의 금슬 좋은 부부처럼 보인다거나 하는 경우였다. 사진寫眞이 사진似眞으로 바뀐 순간이기도 했다.

더 지독한 건 세트장을 만들어 새를 가둬놓고 굶기거나 목마르게 하는 등 가학 행위를 하고, 여타 도구로 원하는 모습을 연출해서 사진을 찍는다는 거다. 작품을 위한 고도의 기교일지 모르지만, 새 처지에서는 지독한 폭력이다. 과유불급이라 했다. 최선을 다해도 최고의 작품을 남기지 못할 수 있다. 상식적이지 않은 자들이야 뭔 일인들 못 하겠는가마는, 작가라는 호칭을 지닌 자가 양심을 팔아 작품을 꾀한다면 설사 멋진 작품을 얻었다 한들 그 의미가 무엇이며 뭔 기쁨이 그리도 넘쳐나겠는가. 광기가 아닌 이상.

조류 사진의 실체를 알았기에 앞으로는 새 사진을 보면 감탄보다는 마음에 통증이 올 것만 같다. 물론 다 그런 게 아님을 안다. 순수한 열정으로 오랜 시간 새를 관찰하거나 순간 포착하여 생동감 있고 역동적인 사진을 발표하는 이들이 대부분일 거다. 그렇기에 피사체를 학대하는 야비한 방법을 쓰는 일부 몰지각한 자들의 행태를 찾아내기 위해 더 눈독 들여 볼 것이다. 조류 학대의 부산물로 의심되는 작품엔 여지없이 '화나요' 이모티콘을 날려줄 테다. 모진 댓글도 달아야겠다. 내 소심한 행동이 작은 경고라도 될 수 있다면 말이다.

새는 날기 위해 가볍게 태어난다고 한다. 뼛속은 비어있고 뼈 두께는 달걀 껍데기 정도며, 배를 채우면 날기 위해 바로 배설한다. 욕심은 없지만, 둥지와 새끼를 지키려고 위험을 무릅쓰는 가상한 존재이기도 하다. 그들의 생태와 자태를 사진에 담는 이유는 그 가치에 공감한다는 뜻일 거다. 피사체의 존엄성을 지키면서 미학적인 순간을 포착해 낸다면 인위적으로 포장할 때와 비교도 안 되는 명작을 빚어낼 수 있을 것이다. 날기 위해 자신을 가볍게 하는 새처럼 마음을 비워낸다면 얼마든지 가능한 일이다.

모두가 손안에 카메라를 들고 다니는 시대다. 식물도, 동물도, 일출과 일몰도, 나뭇가지 사이로 비치는 달빛도, 비 오는 오후의 풍경도, 설경도, 인간 군상도, 눈에 비치는 모든 피사체가 다 작품 감이다. 그중 움직임이 많은 새는 사진에 담기 가장 힘든 피사체겠지만, 자유와 평화와 고요의 이미지를 마음에 품고 아름다움을 추구하는 셔터의 주인공이 된다면 필시 더 좋은 작품을 남길 수 있지 싶다. 만물은 다 그 쓰임에 적당하게 지어졌다고 한다. 본류를 살리려는 마음만으로도 이미 성공한 작가인 거다.

굴곡 시키지 않은 모습 그대로가 가장 완벽한 작품일 수 있다. 날 것의 묘미를 살려서 진품을 만들어간다면 카메라를 잡은 자나 카메라에 잡힌 자나 다 행복지수가 높아지리라.

진심이 닿은 곳에 남겨진 흔적처럼.

***

별이 된 화백
– 오세희 화백을 추억하며

장례식 장면이 실시간으로 송출되려나 싶어 현장 채널에 들어가 보았지만, 방송은 하지 않았다. 장례식이 허전하지는 않을지, 부인과 자녀들은 괜찮은지 소소한 걱정이 스치고 지나갔다. 유족들에게 하늘의 위로와 평강이 임하길 기도드렸다.

문득 어르신을 처음 뵈었던 때가 떠올랐다. 생경하달까 낯설달까. 첫 느낌은 그랬다. 분명 늙수그레한 노인인데 어깨 아래까지 내려오는 생머리를 뒤로 단정히 묶고 중절모자를 눌러썼고, 슬림한 팬츠에 남방류의 셔츠를 편하게 걸친 차림도 일반적이지 않았다. 기운은 없어 보였지만 알 수 없는 아우라로 범접하기 쉽지 않아 보였다. 그분이 팔십을 훌쩍 넘긴 오세희 화백이라는 사실을 알게 된 건 얼마 후였다. 동행한 중년의 여인과는 썩 잘 어울렸다. 피부며 표정이며 태도에 정숙함이 배어 있었다. 단아하고 곱살한 그 여인이 동안童顔이어서 그렇지 칠십 대 중반을 훌쩍 넘겼다는 사실도 나중에야 알게 되었다. 이들 부부와의 인연은 이렇듯 내 오판으로 시작되었다.

집은 노인주택 단지 안에 있어 조용하고 평화로웠다. 게다가 맨 끝에 있는 집이어서 집 앞과 뒤뜰로 잔디밭이 여유롭게 이어졌고, 현관 앞엔 꽃 화분이 줄지어 있어 화초를 좋아하는 부인의 취향을 엿볼 수 있었다. 실내에 들어서자, 현관 입구에 걸려 있던 대작이 눈길을 사로잡았다. 그림 액자 안에는 하얀 한복 저고리 위에 누르스름한 빛바랜 조끼를 걸쳐 입고 회색 한복 바지를 입은 장돌뱅이 할아버지가 씨앗이 담긴 자루를 빙 둘러 늘어놓고 앉아 있었다. 차양 위에 검정 테가 둘린 하얀 중절모 쓴 머리를 외로 꼰 채였다. 얼굴은 볕에 그을러 구릿빛이다 못해 흑갈색이었고, 담배를 피우려는지 손에는 곰방대에 넣을 담뱃잎을 쥐고 있는 듯 보였다.

《달라스문학》2호 표지로도 사용되었던 그림이었다. 책 표지 설명을 보면, 시골 장터를 헤매고 다니면서 그림 소재를 찾던 중 씨앗 파는 장돌뱅이 할아버지를 만나게 되었다고 서술했다. "씨앗이야말로 만물의 근본"이라며 그보다 소중하고 귀한 건 없다고 했다. 좁쌀만 한 씨앗 한 알이 큰 나무가 되어 과실을 맺고 오만 가지 곡식과 채소가 되어 인간 삶을 풍요롭게 하니 얼마나 고마운 일이냐며. 오 화백은 그림 설명에 덧붙여 문학을 씨앗에 견주었다. 문학이야말로 모든 학문의 근본이며 삶을 풍요롭게 하는 가장 값진 게 아니겠냐고 했다. 문학을 씨앗에 절묘하게 비유하고 있는 그 혜안에 머리가 절로 끄덕여졌다.

거실에도 방에도 걸작들이 크고 작은 캠퍼스와 액자에 강렬하고도 애잔하게, 정겹고 친근하고 따뜻하게, 신비하고도 풍요롭게…. 여러 감정을 담은 채 걸려 있었다. 일상에서 만날 수 있는 소소한 꽃이나 풍경, 인물을 통해 다양한 주제를 구현한 그림엔 우리네 인생사와 순화된 자연의 면면이 유화 기법으로 유감없이 담겨 있었다. 넋을 잃고 그림을 감상하는 내게 그분은 그림에 대한 설명과 그리게 된 배경 등을 상세히 설명해 주셨다. 풍기는 바 말도 붙이기 어려워 보였으나 의외로 다정다감하고 유머러스한 면이 있었다. 부인이 정갈하게 준비한 차와 다과를 내오자, 그분은 이야기보따리를 술술 풀어내셨다.

오 화백은 『65포로수용소』라는 전쟁포로 고발 수기집을 한글과 영어로 출간했고, 한국 문화관광부에 보낸 수필 「손금쟁이」로 《에세이문예》에서 신인상을 받았다. 화백이 힘 있는 필체로

사인해서 주신 『65포로수용소』를 읽었을 때의 그 감흥을 잊을 수 없다. 연이 닿은 작가의 글이어서 더 그랬을 수도 있겠다. 스무 살의 순수한 미대생이 억울한 포로 생활을 해야 했던 이야기는 그 과정과 상황이 다 극적이었다. 책의 머리말에서 화백은, "그 악몽의 기억들이 50년 세월이 지난 지금에도 뇌리에 파편이 되어 선명하게 박혀 있다. 그 참담했던 포로 생활의 한 장면 한 장면을 결코 나는 잊을 수 없다"라고 고백했다. 책이 쓰인 때가 이천 년이니까 돌아가시기 전까지 70여 년의 세월 그 한을 가슴에 품고 사셨던 거다.

6·25전쟁 체험수기 공모전에서 대상을 받았던 수기 「집으로」에서 밝힌 바와 같이 운명은 본인의 의지와 상관없이 그분을 인도했다. 춘천에서 횡성으로 가는 피난길에서 느닷없이 육군 장교에 의해 인민군들이 포로로 잡혀있는 헌병대에게 인계되면서 얄궂은 운명은 시작되었다. 춘천교도소에서 인천 포로수용소를 거쳐 부산서면 포로수용소, 그리고 거제도 수용소에 이르기까지의 그 파란만장한 이야기는 말이 쉬워 그렇지 실제로 겪은 사람에겐 악몽과도 같은 일이었을 거였다. 억울하게 22개월이라는 시간 동안 그 상황을 겪어내야만 했던 젊은이의 고통은 영화나 소설에 나올 법한 일이었다.

거제도에 한나절 머물 기회가 있었다. 처음 간 곳이었고 유명

관광지이니만큼 볼거리도 많고 갈 곳도 많았으나 다른 곳은 차치하고 포로수용소 유적공원HISTORIC PARK OF GEOJE P.O.W. CAMP을 방문했다. 그분이 생각나서였다. 아픈 역사의 현장이기도 했거니와 지인이 머물렀던 곳이라 생각하니 입구에서부터 와닿는 느낌이 달랐다. 그분의 눈길이 닿았을 구석구석을 바라보며 자취를 찾았다. 입구에 6·25 참전 국가의 국기들이 게양되어 있었고, 그 아래 북한군과 연합군이 총부리를 겨누고 있는 거대한 평면 조각이 설치되어 있었다. 안내에 따라 오르던 언덕길 위엔 '포로 귀환 및 송환'이라 적힌 열차 모양의 야외 전시물이 세워져 있었다.

탱크전시관TANK EXHIBITION을 거쳐 포로수용소 디오라마관 DIORAMA OF POW CAMP에 들어갔을 땐 귀를 때리는 음악과 눈 앞에 펼쳐진 광경에 놀라 그 자리에 멈춰서고 말았다. 고인의 수기집 『65포로수용소』를 여러 번 읽었고, 고인에게 그 시절 이야기를 단편적으로나마 들었던지라 디오라마로 재연된 거대한 포로수용소의 면면이 체화된 듯 다가왔다. 산으로 둘러싸인 평야에 펼쳐진 막사들과 가시철망과 망루와 포로들 모습이 어찌나 사실적이던지 책의 장면이 겹치며 마치 가공된 무리 중 어딘가에 그분이 있는 것 같은 착각마저 들었다. 붙박이가 된 채 지켜보다가 기다림에 지친 지기의 채근을 받고서야 발길을 뗄 수 있었다.

이어서 6·25 역사관HISTORY OF THE KOREAN WAR, 피난민들로

가득한 대동강철교 조형물, 포로생활관LIVING OF POW을 둘러보았다. 포로생활관에선 목욕하는 모습과 급식, 이발, 위생관리 등 포로의 내무생활을 실제 크기의 모형과 흑백사진으로 전시하고 있었다. 포로생포관CAPTURE OF POW에서는 국군과 유엔군의 강력한 반격과 공세에 밀려 투항하는 북한군과 생포되는 포로의 모습이 재연되고 있었다. 우리의 포로는 그처럼 북한군이나 중공군이었어야 했다. 전쟁 포로였으니까. 그런데 사료에 의하면 십칠만 명의 포로 중 오 화백처럼 남한 출신 민간인도 이만 이천 명이나 되었다고 하니 그 억울함을 다시 한번 상기하지 않을 수 없었다. 포로사상대립관IDEOLOGICAL CONFRONTATION BETWEEN, 여자포로관WOMENPRISONERS CAMP도 있었다. 여자포로관에는 재봉 기술을 익히는 여자 포로들, 식사하고 공중변소 사용하고 목욕 중인 모습과 소독하는 모습 등이 조형물로 전시되어 있었다. 포로폭동체험관UPRISING OF POW엔 폭동에 사용되었던 살벌한 연장들과 폭동이 일어났던 상황을 재연하고 있어 오싹함이 느껴졌다. 푸른 바다와 백사장, 몽돌 해변의 아름다운 경치를 품은 거제라는 섬이 거대한 포로수용소에 제격이었고 최적의 요소였다는 사실이 새삼 아이러니했다. 전쟁의 상흔을 복원한 유적공원이 그런 형태로나마 보존되어 그 상황을 간접 체험하게 하니 의미 있는 일이라 하겠다.

"74298번 오세희"로 불렸던 긴 포로 생활을 마치고 석방되던 날, 그는 기쁨에 겨워 막사로 뛰어들어 잠자리에 몸을 내던지고 몇 바퀴나 뒹굴었다. "아버지! 내일이면 이 못난 자식은 집으로 돌아갑니다." 그렇게 수평선을 향해 소리쳤고, 집을 떠날 때 애써 눈물을 감추시던 어머니의 마지막 모습이 떠올라 자신도 모르게 흐느꼈다. 소지품을 챙기다 배낭 밑바닥에서 튀어나온 포로신문 서른 장을 밤새워 다시 읽었는데, 한 장씩 넘길 때마다 동족상잔에 억울하게 희생당한 젊은 넋의 울부짖는 소리가 들려오는 것 같았다. 그때의 그에게는 평범한 일상을 살아내는 것이 꿈이요 이상이요 희망이었기에 포로 생활에서 해방된 자신은 행운아였다고 고백했다. 여름의 한가운데서 집으로 향하는 발걸음이 날아갈 듯 가벼웠다고.

고인 살아생전 식사 자리를 가질 기회가 몇 차례 있었다. 그분은 식사량이 워낙 적을뿐더러 음식에 대한 호불호가 분명했던지라 먹거리에 관한 관심보다는 함께 하는 시간을 더 소중히 여기셨다. 목소리 톤이 가늘고 높은 편이어서 힘주어 말하지 않아도 귀에 쏙 들어왔다. 시종일관 눈을 맞추며 웃음 띤 얼굴로 말씀하셨는데, 해박한 지식과 순수한 정서를 지녔음을 느낄 수 있었다. 그럼에도 평범한 대화 속에서조차 오래 가슴에 묻어두었던 전쟁의 상흔과 아픔을 문득문득 발견할 수 있었던 건 그분의 인생에서 그 사건이 준 무게감 때문이 아니었을까 싶다. 진지함 중에 위트를, 무거운 주제도 지나가는 말처럼 하셨는데 오랜 연륜에서 묻어나온 삶의 지혜였을 거라는 생각이 든다.

해삼이 턱없이 비쌌던 때였다. 한국식 중국집에서 해삼탕이 한 접시에 백 불 정도 할 때였으니 어지간해선 먹을 척도 못 했다. 유달리 해삼요리를 좋아했던 고인은 그날도 해삼탕을 찾았으나 재료가 너무 비싸 사다 놓지를 못해 주문받을 수 없다고 했다. 설사 있다고 해도 가격 때문에 고민했겠지만 그나마 재료가 떨어졌다고 하니 아쉬움이 컸다. 그때 일이 내 기억을 자극해서인지 요즘도 나는 해삼요리를 보기만 하면 그분이 떠오른다. 다시 뵙게 되면 꼭 맛있는 해삼요리를 사드리려 했건만 "Time and tide wait for no man." 그렇다. 세월은 우릴 기다려 주지 않는다. 아쉬움이 남는 인연과 미련 남는 일을 만들지 말아야 하는데, 삶이란 그리 녹록지 않다.

살아생전 예인藝人의 삶을, 특히 노후에는 신앙인으로서 영성을 키우며 내적 풍요를 추구했던 고귀한 한 생을 추억한다. 몸은 소식少食으로, 영혼은 풍성한 양식으로 관리했기에 평안한 임종을 맞았으리라. 이제는 소망하던 곳에서 그리워하던 분과 행복한 시간을 보내고 계실 거라 믿고 슬픔을 털어내려 한다. 거제도 포로수용소에서 해방되던 날 날아갈 듯 가볍게 집으로 향했던 발걸음처럼, 육신의 장막에서 벗어난 영혼이 나래를 펴고 날아올랐으니, 그곳에서 또 다른 생을 마음껏 펼치시길 바란다. 남아 있는 가족들의 마음에도 한줄기 따사로운 햇살이 비쳤으면 좋겠다. 시원한 꽃무늬 남방 차림으로 이젤 앞에 서서 한 손엔 붓을 한 손엔 팔레트를 들고 있던 사진 속 그분의 모습이 눈앞에 선연하다.

지울 수 없는 이름과 메시지들, 그분과 나누던 대화가 전화기에 그대로다. 이제 그분을 이 땅에서 더는 만날 수 없다는 사실이 안타깝지만, 인연이라는 게 세상에 없다 하여 끊어지는 것이던가. 전쟁, 포로수용소, 화가, 묶은 머리, 해삼탕…. 아직도 그분이 연관된 무언가가 클릭 될 때마다 그분이 떠오른다. 세월이 가면서 흐려지긴 하겠으나 결코, 지워지진 않을 것이다. 기억하는한 그분은 살아계심과 진배없다. 내가 떠난 후 나의 인연들은 나에 관한 무엇을 기억하고 추억해 줄까. 귀한 인연을 추억하며 현재의 소중한 인연들과 더불어 주어진 하루를 또 열심히 살아내야겠다.

삭풍에도 꺼지지 않는 불꽃처럼.

***

척, 척한 기억

물 폭탄 소식이 연일이다.

청주 공평 2 지하차도 침수 사고로 십수 명이 아까운 목숨을 잃었고, 충청권에 속한 이곳도 이어지는 재난경보로 초긴장 상태다. 하천이 범람해서 도로와 학교가 침수되어 교통대란이 빚어지고, 온 마을 몇십 가구가 수몰되기도 했다. 줄기차게 쏟아지는 빗줄기를 망연히 바라보고 있자니 먼 기억 속의 한 장면이 내 의식을 휘몰아 그곳에 세워놓는다. 잊고 있었던, 아니 결코 잊을 수 없는 그때 그 순간이 저장된 필름에서 플래시백 되어 눈 앞에 펼쳐진다.

오십여 년 전, 너무도 까마득해 한참을 손으로 꼽아도 계산이 될까 싶은 햇수다. 그날도 하늘이 뚫린 것처럼 비가 쏟아부었다. 잠든 뿌리를 살며시 깨우는 그런 비가 아니었다. 살랑살랑 초록 기운을 생기 있게 하는 여유로운 비는 더더욱 아니었다. 마치 천장을 뚫고 내려와 집을 파괴해 버릴 듯한, 상처를 내며 파고드는 전동드릴 속 송곳처럼 무자비하게 내리꽂히는 그런 비였다. 남편을 먼저 보내고 어린 자식 넷을 거두어야 하는 매몰찬 현실 앞에 선 어머니에게 하늘조차도 한 푼의 에누리가 없었다. 칠흑 같은 어둠 속에 폭탄 터지듯 우르릉 쿵쾅거리는 천둥소리도, 비수처럼 내리꽂히는 번개 불빛도 매정하기만 했다.

문간방에 세 든 연옥 언니 방 천장에서 물이 샌다며 손을 봐달라는 청이 왔다. 우리 식구 방이면 양동이든 빨랫대야든 놓고 어찌어찌 하룻밤을 수습했을 텐데, 셋방에 물이 샌다니 그냥 넘길 수도 없는 일이었다. 하룻밤 참고 그냥 넘어가자고, 내일 날이 밝으면 고쳐주겠노라고 할 배짱도 없는 어머니였다. 알겠다며, 어찌 해보겠다고 대답하신 어머니는 잠시 고민하다 비닐과 쓰다 남은 장판 쪼가리들을 챙겨 들고 마당으로 나가셨다. 사다리를 지붕 난간에 걸친 후 작은 체구에 그냥 들기도 버거운 물건들을 둘러메고 빗줄기를 뚫고 지붕에 오르셨다. 잠시 이곳저곳 살피던 어머니의 손길이 어느새 빨라지더니 손에 들었던 비닐과 장판 쪼가리로 지붕을 덮어나갔다. 임시방편이기는 했으나 그밤에 어머니가 할 수 있었던 최선책이었다.

천둥과 번개와 어둠의 공포 속에서 동동거리며 잔 발놀림하는 걸 바라보던 내 눈시울이 차오를 때쯤 어머니가 일을 마치고 사다리를 내려오셨다. 밤잠을 잊은 채 사다리 밑에 서 있던 내 눈과 어머니의 눈이 마주쳤다. 이게 웬일이냐며, 왜 안 자고 여기서 이러고 있냐고 어머니는 대뜸 나를 타박하셨다. 엄마가 그러고 있는데 내가 어떻게 자냐고…. 늘키던 내 눈에서 참았던 눈물이 봇물 터지듯 쏟아졌다. 액체가 얼굴을 스치며 흘러내리고 울음소리는 빗소리에 스며들었다. 어머니는 나를 얼른 처마 밑으로 끌어당기며 한참을 그러안고 토닥이더니 이제 됐다고, 다 해결했으니 괜찮다고, 들어가서 자면 된다고 아무렇지도 않은 '척' 하셨다. 비에 옴팍 젖은 우리 모녀는 종종걸음으로 안채로 향했다.

어머니의 '척'을 생각하면 빠뜨릴 수 없는 또 하나의 기억이 있다. 그때 우리 집은 청색 철제 대문 위에 긴 네모 번듯한 지붕이 놓여 있고 대문 옆엔 포도나무가 그 지붕을 향해 넝쿨을 뻗고 있었다. 굵은 빗줄기 퍼붓듯 태양 빛이 강렬하게 쏘아대던 날이었다. 수건으로 입과 코를 가린 어머니가 그 대문 지붕 위에서 빗자루와 쓰레받기를 들고 누런 쌀 포대에 무언가 쓸어 담고 계셨다. 하굣길에 그 모습을 본 내가 어머니를 올려다보며 입에 손나팔을 대고 큰소리로 뭐 하시는 거냐고 물었다. 어머니는 흠칫 놀라며 어서 비키라는 시늉을 과하게 하셨다. 어머니의 얼굴엔 땀이

비 오듯 쏟아지고 있었다. 잠시 후 작업을 마친 어머니는 누런 쌀 포대를 들고 대문 지붕에서 내려오더니 바로 쓰레기장으로 가셨다. 한 편으로 잠시 물러나 있던 나는 조심스럽게 다가가 물었다. 그게 뭐냐고. 어머니는 손사래를 치며 아무것도 아닌 '척'하며 어서 집에 들어가라고 말씀하셨다. 수십 년이 지난 어느 날, 옛이야기를 나누던 중 그때 일을 떠올리고 어머니께 여쭈었다. 그때 뭐하셨던 거냐고. 누런 포대에 들어 있었던 게 뭐였냐고.

아버지 돌아가시고 어느 날부터인가 집 대문을 들어서노라면 고약한 냄새가 났다. 도무지 냄새날 일이 없는 곳이라 고개를 갸웃하며 다녔는데 구더기가 대문 주변에 들끓는 게 아닌가. 화장실도 아닌 대문 근처에 웬 구더기인가 싶었다. 살펴보니 대문 지붕에서 구더기들이 기어 내려오고 있었다. 가슴이 쿵 내려앉았으나 누구 불러다 댈 수도 없었기에 어머니가 직접 사다리를 놓고 대문 지붕에 올라갈 수밖에 없었다. 순간 어머니는 아연실색했다. 고양이 사체가 심하게 부패하여 뼈가 다 드러난 채 그 속에 구더기가 허옇게 버글거리고 있었다. 쥐약 먹은 고양이가 거기서 죽었던가 보다. 다리에 힘이 빠지고 손 맥이 풀리고 욕지기가 났다. 일제 강점기를 지나 해방 전후 시대와 전쟁의 격랑을 헤쳐 온 터라 산전수전 다 겪었다지만, 과했다. 군중과 함께 격랑을 헤쳐 나가던 시기가 아니라 남편 품에서 안정되게 생활하다가 불시에 겪게 된 일이었기에 남편 없는 설움이 밀물처럼 밀려왔다.

넋을 놓고 있던 어머니는 잠시 후면 아이들이 학교에서 돌아올 시간이라는 데 생각이 미치자 갑자기 조급증이 밀려왔다. '아이들 오기 전에 어서 치워야 해.' 오로지 그 생각뿐이었다. 어머니는 서둘러 내려와서 빗자루와 쓰레받기와 포댓자루를 준비하고 무장해서 대문 지붕 위로 다시 올라갔다. 일이 거의 끝나갈 무렵 작은딸의 목소리가 들렸다. 쓰레기장까지 따라와서 그게 뭐냐고 묻는 어린 딸아이에게 아무것도 아닌 '척' 할 수밖에 없었다. 그 실상을 차마 말할 수 없었다. 아무것도 아니라는 말에 딸은 고개를 갸웃하면서도 여상히 넘어갔고 어머니는 오랜 세월 그 사건을 혼자 가슴에 묻어두셨다. 그렇게 홀로 겪어내고 가슴에 묻어두었던 이야기가 어디 한둘이었겠는가. 그날 어머니는 열세 살 소녀가 아닌, 그때의 어머니보다 훨씬 더 오래 세상을 살아내고 있는 작은딸에게 무심히 그 이야기 중 하나를 풀어내셨다.

그때 어머니는 갓 사십이었다. 아홉 살이나 어린 아내를 끔찍이도 아꼈던 남편의 울타리 안에서 사랑받고 살던 아낙이었다. 그런 남편의 울타리가 걷힌 설움이 채 가시기도 전에 연거푸 힘겹고 흉측한 일들을 만났다. 젊은 아낙은 어린 자식들 때문에 행동하지 않을 수 없었다. 툭툭 불거지는 사건 사고를 어떤 방법으로든지 해결해야 했다. 몸을 사릴 수도 꾀를 부릴 수도 없었던 절실한 날들이었다. 그저 어린 자식들 앞에선 씩씩한 척, 아무

일도 아닌 척, 힘들지 않은 척, 행복한 척, '척'하며 살고 계셨기에 어머니는 차마 목 놓아 울지도 못하셨다. 돌이켜보면 어머니는 '체'하는 '척'뿐만 아니라 통 크게 '척' 내놓기도 잘하셨고, 사람이든 물건이든 '척' 알아보시는 데도 일가견이 있으셨다. 짧게는 아버지 사후의 사십칠 년, 길게는 팔십칠 년이라는 세월을 살아내시면서 알게 모르게 '척'하면 '척'하는 '척' 도사가 되셨던 거다. 더는 어머니의 '척'을 마주할 수 없는 현실이 서글프기만 하다.

척, 척한 날이 이어지고 있다. 때론 시원스레 쏟아지며 사물에 닿는 빗소리가 듣기 좋고 운치 있다는 명분으로 차 한 잔 끓여 마시며 비 내리는 풍경에 젖는 호사를 누린다. 그러다가도 문득 폭우로 유명을 달리한 이들을 생각하면 숙연해지곤 한다. 그리고 폭우 속에서 지붕에 올라가 바쁜 몸놀림을 하던 어머니를 떠올린다. 아이 넷의 미래를 담보하고 있었기에 어머니 삶의 하루하루는 고단치 않은 날이 없었을 거다. 작지만 단단한 체구를 가졌다고 해서 힘들지 않은 거도 아니고 무섭지 않은 거도 아니었을 텐데 어머니는 우리 앞에서 힘들다 무섭다는 표현을 결코, 하지 않으셨다. 결국 '척'으로 일관된 삶이었다고 해도 무관할 터였다.

그 '척' 속에 담긴 삶의 진실은 무엇이었을까. 나이가 들어갈수록 어머니 살아계실 적 모습이 이토록 선연해지는 것은 '척'을 훌륭히 해내신 어머니의 내면을 조금이나마 닮고 싶은 마음 때문인지도 모르겠다. 아니 어쩌면 '척'하며 살고 싶지 않은 마음 때문일 수도 있다. 잘 모르겠다, 왜인지. 그리고 어떻게 사는 게 잘사는 건지도. 그분의 삶을 반추해 보면 분명 고단하고 힘든 삶이었겠지만 적어도 마음에 공허는 없었을 거라는 믿음이 있다. 특히 아버지 돌아가신 후 더 돈독해진 신앙에 의지해 힘겨운 고비를 잘 건너가셨기에 노년으로 갈수록 차분하고 내실 있는 삶을 사셨던 걸 거다. 어머니의 '척'은 어쩌면 자식에 대한 사랑과 더불어 진리를 붙들고 사는 단단한 내면에서 비롯된 것이었을지도 모르겠다.

빗줄기 사이로 어룽어룽 어머니가 그려진다.

* * *
잉걸불

Gong Solo Exhibition - Almost there

그녀의 개인전이 "거기 그곳에"라는 주제로 개막한다는 기사
가 신문에 떴다. 탈북자의 아픔을 담았다는 머리기사에 눈길이
멈췄다. 누군가에겐 "통일 염원"이라는 진부하고 상투적인 말이
내겐 특별한 의미로 다가왔다. 실향민이셨던 아버지가 살아생
전 통일을 간절히 염원하셨기 때문이다.

미 동부의 환상적인 단풍이 꽃잎처럼 흩어지던 날 워싱턴에
있는 전시장을 찾았다. 서쪽 하늘은 석류즙 뿌려놓은 듯 물들어
가고 해거름에 나무 그림자가 길게 늘어져 있었다. 전시실로 모

여든 인파로 인해 떠밀리듯 전시장에 들어섰다. 그곳엔 소멸과 생성의 기운이 가득했다. 임진강, 예성강, 압록강과 개성의 작은 시내들을 그린 캔버스 한지 위의 물결무늬들이 맑고 청아해 보였다. 푸르고 불그레한 색감들은 농도를 달리하며 이리저리 살아 움직이는 듯했다.

한쪽 벽면엔 드리핑 기법으로 완성한 그림들이 전시되어 있었다. 붓을 사용하지 않고 물감을 튜브에서 짜내어 점과 선으로 캔버스를 채운 작품들이었다. 그림 속의 방울들은 북한 주민들과 북한 난민들의 눈물을 상징했다. 제목도 〈북한 난민들의 눈물〉, 〈새 한반도 멀지 않은 곳에〉, 〈크로싱〉, 〈북한 주민들의 눈물〉 시리즈 등이었다. 〈정치범 수용소의 비가〉는 초를 태워 촛농을 흐르게 해서 만든 작품인데, 촛농은 죽어가는 수감자를 상징하고 있었다.

전시장 한쪽 테이블에는 워싱턴 주재 중국 대사에게 보낼 "탈북자 강제 북송 반대" 탄원서가 놓여 있었다. 두만강을 건넌 탈북 주민들이 중국에서 북송되면 극심한 고통을 당하거나 죽을 수밖에 없는 상황을 설명하면서 그들이 법적으로 북송되지 않도록 부탁하는 탄원서였다. 그녀는 관람객과 기자들의 질문에 답변하며 탈북자 문제에 관심을 가져달라고 부탁했다. 전시회에서 판매되는 작품의 수익금 전액을 탈북자 지원 단체에 전달하겠다고 밝혔다.

그녀의 작품은 정치적인 이슈로 비칠만한 주제를 다루었음에도 보는 이로 하여금 그림이 주는 감동 그 자체로 보게 하는 묘한 매력이 있었다. 〈한 핏줄〉이라는 작품은 마치 핏빛 고인 동공이 연상되는 핑크와 보라가 뒤섞인 추상화였다. 그네들과 우리가 한 핏줄이라는, 민족혼이 핏줄기에 서려 있는 듯한 느낌을 주는 인상적인 작품이었다. 〈크로싱〉은 검은 철조망이 뒤엉킨 비무장지대를 연상케 하는 작품으로, 철조망으로 가려져 있지만 우리는 한 민족이라는 사실을 더 마음 아프게 인식하지 않을 수 없었다.

그녀는 탈북자 가정의 아픔을 다룬 영화를 본 후, 탈북 작품에 더 천착하게 되었다. 현실은 냉정하다. 영화는 영화이고 내 발에 떨어진 불 끄기 바쁜 삶이다. 배부르고 여유로운 자들에게 탈북자 문제는 터부시되기 십상이다. 영화 《크로싱》의 남자 배우도 주인공 섭외 받고 영화를 찍기까지 많은 갈등을 겪었다고 한다. 그만큼 한국 사회는 탈북 문제에 대한 편견과 냉담함이 만연해 있다. 그런 와중에도 영화를 찍고자 결심한 건 종교적인 신념을 넘어 사람 살리는 일에 동참하기 위해서라는 변을 들은 바 있다. 사람 살리는 일은 어쩌면 우리 모두의 일이다. 그녀의 행보에 더 관심이 가는 이유이기도 하다.

전시회 후 작가의 집을 방문했다. 평범한 이민자였던 그녀는 오십 넘어 워싱턴에 있는 미술대학을 졸업했다. 뉴욕 소호갤러리 멤버로 활동하며 워싱턴과 뉴욕, 한국, 이탈리아, 스페인, 영국, 덴마크, 폴란드, 헝가리 등지에서 개인전과 동인전을 열었고, 국제대회에서 여러 차례 수상하고 초청 작가로 초대받기도 했다. 지하실로 내려가는 창틀과 난간엔 그녀가 만든 청동 조형물과 도자기류가 가지런하게 놓여 있었다. 지하 아틀리에로 들어서니 각종 물감과 팔레트, 이젤과 캔버스 등이 즐비한 중 유독 눈에 띄는 재료가 있었다. 둘둘 말린 갈색 부직포와 그을린 양초인데, 태움 기법을 위한 도구들이었다. 작가는 상한 영혼들을 위로하고 상처의 원인을 소멸시키고 싶은 염원을 담고 의식을 치르듯 경건하게 태우는 작업을 행한다고 했다.

그녀의 또 다른 개인전에 가게 되었다. "짓밟힌 잉걸Trampled Ember" 전이었다. 그 전시회 역시 "탈북"을 주제로 한 뉴욕 최초의 전시회라는 타이틀이 붙었다. 비는 쏟아지는데 조지 워싱턴 다리 앞에서 한 시간 이상 묶여 있었다. 허드슨강에선 짙은 물안개가 피어오르고 칙칙한 회색 구름이 물에 닿을 듯 무겁게 내려앉아 몽환적인 분위기를 연출하고 있었다. 막상 다리를 건너니 갤러리 찾는 건 어렵지 않았다.

뉴욕 맨해튼 소호 20 첼시 갤러리. 본래 첼시 거리는 제2차 세계대전 때 세워졌던 탱크 공장과 70년대 자동차 공장들이 즐비했던 곳이다. 지금은 명성 있는 예술가들의 작업실과 갤러리가 밀집한 세계적인 예술의 거리로 변모했지만, 그 외형에서 묻어나는 둔탁한 무게감은 여전했다. 거기에 더해 공기 중에 스며있는 비 냄새와 깊게 조우하며 축축해진 거리를 오가는 행인의 발길조차 우울을 밟고 걷는 듯 보였다. 명성만큼 화려하지도 멋스럽지도 않은, 그저 허름해 보이는 낮은 건물들 사이를 자기 인생의 무게를 견디며 오가는 군상이었다.

전시장으로 들어서니 외국인들도 진지한 눈빛으로 작품을 감상하고 있었다. 뉴욕에서 처음 열리는 "탈북" 주제 개인전인 만큼 관심이 쏠려 있었다. 북한 문제는 한국뿐만 아니라 세계가 주목하는 문제임이 실감 났다. 전시실 중앙으로 향하는 복도 벽면과 넓은 홀 한쪽 벽면에 부직포를 이용한 태움 기법의 변형물인 〈스며 나오는 피〉 시리즈가 전시되어 있었다. 홀 중앙에는 자갈돌로 가장자리를 두른 원형 모래터 위에 둘둘 말린 부직포들이 타다 만 통나무들처럼 밀착된 채로 서 있었다. 정치범 수용소에서 죽어간 수감자들과 탈북하다 길에서 스러져 간 어린 영혼들을 염두에 두고 만든 〈재가 된 영혼들〉이라는 설치물이었다. 마치 서로 기댄 채 집단 떼죽음을 당한 일그러진 영혼의 농성장처럼 보였다. 불씨마저 꺼져버린 작품 속 그들을 향한 연민이 뱃속 깊은 곳에서 스멀스멀 밀고 올라왔다.

다른 벽면에는 〈이름 없는 망자의 이름들〉이라는 작품이 전시되어 있었다. 약 2.5미터 넓이인 두 개의 얇은 삼베 천이 높은 천장에서부터 길게 늘어져 바닥을 덮었다. 삼베 천 사이에 같은 넓이의 검은 휘장이 늘어져 있고, 휘장이 바닥에 닿는 부분에는 의자 모양의 작은 삼베 천이 자리하고 있었다. 천에는 무수한 구멍이 있었다. 세 개의 구멍 사이에 간혹 패턴을 깨고 두 개의 구멍도 있었는데, 외 자 이름이었다. 천 명의 이름이 새겨진 그 구멍들은 이름 없이 죽어간 탈북 주민들을 상징하기 위해 일일이 촛불로 하나씩 태워 만든 구멍이었다.

작가와의 인터뷰 시간에 외국인 기자가 왜 하필 한반도 통일, 탈북자와 북한 주민의 고통 등 무거운 현안을 주제로 택했는지 질문하자 그녀는 명쾌하게 대답했다.

"화가는 역사적으로 시대와 자신을 대변하는 그림을 그립니다. …제가 가장 아파했던 주제가 바로 한반도 분단의 문제였기 때문입니다."

"앞으로도 계속 북한, 한반도, 분단, 통일을 주제로 그림을 그리실 겁니까?"

"통일될 때까지 제 마음은 그것으로 꽉 차 있습니다."

"전시회 주제를 '잉걸불'이라고 한 이유는 뭐였습니까?"

"북한은 내게 늘 커다란 슬픔으로 다가왔습니다. 고통받는 내 형제자매를 위해 난 단지 울거나 기도하고 그림을 그릴뿐입니다. 언젠가는 통일된 새로운 코리아를 그릴 것이라는 희망을 품고 있어요. 그들은 반드시 잿더미를 헤치고 나올 겁니다. 희미하지만 결코, 꺼지지 않는 잉걸불이니까요."

그녀는 이름도 얼굴도 모르지만, 죽어가는 이들과 이미 죽음
의 문턱을 넘어간 이들을 애도하며 기도하는 마음으로 작업한
다. 드리핑 기법이나 태움과 씻김의 작업 자체가 육체뿐만 아니
라 엄청난 정신력이 필요하다. 작업을 마치고 나면 며칠 앓아눕
는 것도, 그만큼 진액을 쏟아붓는 과정 때문이리라. 그녀는 전시
회를 앞두면 책 읽고 기도하는 시간을 자주 갖는다. 자신만의 힘
으로 감당할 수 없는 길고 지루한 작업임을 알기에 하나님께 도
움을 구하고 정신일도 하사불성의 마음을 모으는 것이다.
    그녀의 작품 중 〈생수의 강, 백두에서 한라까지〉는 백두산에
서 한라산까지 우리나라 전체를 아우르는 이미지를 담을 예정
이어서 통일 후에야 완성할 미완성의 그림이다. 통일 염원을 담
은 그녀의 작업은 꺼지지 않는 잉걸불이 되어 종이를 태우고 나
무를 태우며 그 그림을 완성하는 그날까지 계속될 것이다. 완성
된 그녀의 그림을 하루빨리 보고 싶다.

"The darkest hour is just before the dawn."이라는 영어속담이
있다. 동트기 직전이 가장 어둡다는 말로 어두운 시간이 지나면
새벽이 온다는 뜻이다. 지금의 남북 관계가 동트기 직전의 시간
이었으면 좋겠다는 바람으로 전시장을 빠져나왔다. 비는 그쳤

으나 어둠이 짙게 깔려있었고, 서늘하고 눅진한 공기는 여전했으나 가슴은 따뜻했다. 잉걸불 불씨 하나를 가슴에 품은 탓이다. 그런 불씨를 심어준 사람이 내 언니여서 뿌듯하면서도 애잔하다. 불씨가 활화산처럼 타올라 한반도가 하나 되는 그날까지 함께 두 손을 모은다.

***

박인애

수필가라는 공통 분모를 가진 일곱 작가가 책을 엮었다. 미니 수필집을 한데 모으니 비 갠 하늘에 걸린 무지개 같다. 일곱 색깔로 조화롭게 간격을 나눠 거대한 띠를 이룬 것만으로도 신비로워 가슴 설레는 무지개. 결이 다른 우리의 이야기도 그런 감동을 선물할 수 있었으면 좋겠다. 먼 이국에서 자신의 한계를 극복하며 문장과 문장 사이에 눌러 담은 작가의 진심이 전해지고, 공감해 준다면 바랄 게 없겠다. 우리의 소소한 이야기가 읽는 이에게 따뜻한 선물이 되길 소망하며 세상으로 보낸다.

***

엄마라는 이름으로

밤새 비가 내려서인지 하늘은 맑고 바람은 선선하다. 긴소매를 입기엔 덥고 반소매를 입기엔 조금 쌀쌀한 아침, 이런 날이 영영 올 것 같지 않았던 텍사스에도 가을이 오려나 보다. 여름내 벗이 되어 내게 행복을 안겨주었던 분꽃들은 어디가 병들었는지 마디가 꺾인 채 주저앉기 시작했다. 사람도 견디기 힘든 텍사스의 살인 더위를 연약한 줄기로 버티고 서 있느라 얼마나 힘들었을까. 그럼에도 어쩌면 그렇게 보석 같은 씨를 꽃 진 자리마다 알알이 남겼는지 생각할수록 장하고 기특하다. 제 몫을 다하고 떠날 채비를 하는 꽃들이 참으로 처연하기만 하다.

우편함을 여니 월드비전에서 보낸 서류가 들어있었다. 습기가 차서 눅눅했다. 보통 때는 후원금 납부 용지가 든 일반 봉투였는데, 오늘 건 크기가 달랐다. 궁금해서 얼른 뜯어보았다.

"It's time to celebrate! It's nearly graduation day for Khale's community, Diakhao!"라는 문구와 케일의 사진이 정면에 들어있는 카드였다. 오랜 세월 후원하고 기도해 주어서 감사하다는 인사말도 적혀 있었다.

'아, 어느새 우리 케일이 18살이 되었구나!'

혼잣말을 했을 뿐인데, 일순간 눈물이 핑 돌았다. 아이가 컸으니 이제 후원을 그만해도 좋다는 의미기도 했다.

케일은 월드비전이 맺어준 내 딸이다. 2009년 가을, 외동딸 예은이의 동생이 되어 줄 여자아이를 후원하고 싶다는 내용의 신청서를 그곳에 접수했고, 12월에 케일의 자료가 든 서류를 받았다. 케일은 웨스트 아프리카 세네갈에 사는 6살 된 여자아이로 듣지 못하고 말하지도 못하는 장애를 갖고 태어났으며, 부모님이 안 계셔서 할머니와 살고 있다는 편지와 사진 한 장이 들어있었다. 까만 피부에 큰 눈, 무표정한 얼굴에 퍼진 버짐, 구멍 난 티셔츠를 입은 아이의 사진을 보는 순간 뭔지 모를 미안함이 밀려왔다. 따뜻한 집에서 멀쩡한 옷을 입고 갓 지은 밥을 먹고 사는게 당연한 거라고 여겼던 우리의 일상이 왠지 모르게 미안했다.

한 달에 35달러를 후원하면 아이의 교육과 의료, 먹을 것이 해결되고 가난이란 이름 대신 꿈과 희망을 줄 수 있다는 말에 용기를 얻어 결심하게 된 결연이었다. 남들은 "그까짓 돈 몇 푼 후원하면서 무슨…"이라고 생각할지 모르겠으나 우리 부부는 그날, 아이가 18살이 될 때까지 후원하는 후원자sponsor가 아니라 평생 기도해주는 정신적인 부모가 되어 주겠다고 마음먹었다. 멀리 있어서 볼 수는 없지만, 우리가 있다는 게 조금은 위로가 되길 바랐다.

해마다 보내오는 사진을 보면 영락없이 섬 머스마 같은데, 자원봉사자들이 대신 써주는 편지엔 늘 "Her"라는 수식어가 붙어있었다. 공차기 좋아하는 걸 보면 탐 보이 기질이 있는 모양이었다. 예은이는 자기보다 한 살 어린 케일을 동생이라 여기며 자랐다. 미국에서 교육받고 자라서 그런지 피부색이 다름에 대한 편견도 없었다. 우린 그렇게 긴 세월을 마음으로 응원하며 가족으로 살았다.

어느 날 인터넷에서 월드비전이 후원자들의 후원금으로 자기들 배를 불리고 결연 아동들에겐 돈을 조금 보내준다는 흉흉한 기사를 읽었다. 지인 중엔 후원을 해지한 분도 있었다. 해지할 경우, 그 아이는 다시 후원받는 게 어렵다는 말을 들었다. 후원자를 기다리는 대기자가 많기 때문이다. 케일에게 얼마를 전해주는지 알 길이 없고 뉴스가 맞냐고 따질 수도 없었다. 그래도 내가 할 수 없는 일을 대신 해주는 그곳이 감사했다.

작년엔 큰딸 예은이, 그리고 올해 둘째 딸 케일이 18살이 되면서 나는 길었던 육아를 졸업했다. 날아갈 것처럼 좋을 줄 알았는데, 시간이 갈수록 걱정이 많아졌다. 아마도 전 세계를 강타했던 코비드 19과 경기침체가 한몫했을 것이다. 엄마에게 육아 졸업이 가당키나 한 말일까. 세상이 험해서 아이들을 물가에 내놓은 것처럼 불안하니 말이다.

결연은 물질 후원이 전부가 아니라는 걸 케일을 통해 배웠다. 따뜻한 밥을 해줄 순 없지만 배고프지 않기를 기도했고, 전염병으로 세상 사람이 벌벌 떨 때 그곳까지 전염되지 않기를 소망했고, 옆에서 안아줄 수는 없지만 내 마음이 전해져 외롭지 않길 바랐다. 인연의 매듭이 어디 그리 쉽게 풀리는 것이던가. 그러니 졸업이란 있을 수 없는 말이었다.

구호 활동 단체 NGOnon-governmental organization TV 광고를 보면 홍보대사인 유명 연예인들이 결연 아동이 사는 나라를 방문하여 그들과 함께하는 모습이 나오는데, 그게 너무 부러웠다. 케일과 가족이 된 후 돈을 벌면 나도 만나러 가야겠다는 꿈을 야무지게 꾸었다.

'갈 때 무슨 선물을 사 갈까? 만나면 무슨 음식을 만들어 먹일까? 거긴 마트가 없을 테니 재료를 준비해 가야겠지. 우리 케인은 듣지도 못하고 말도 못 하는데, 소통하려면 수화를 배워야 하나'하는 상상을 하곤 했다. 그런데 아무리 열심히 일해도 돈이 모이질 않았다. 결국 디아카우엔 가지 못했다.

세상이 좋아졌다. 카드에 인쇄된 QR CODE를 찍으니, 케일이 사는 마을 풍경이 동영상으로 재생되었다. 그곳은 내가 상상했던 밀림이나 정글이 아니었다. 말이 끄는 짐수레, 보건소와 학교, 밥을 짓는 아낙, 공을 차고 노는 해맑은 아이들의 모습이 보였다. 디아카우에 사는 아이들은 18살이 되기 전에 삼분의 일이 결혼을 하고, 출생신고를 하는 아이가 많지 않을 뿐 아니라 의료 혜택도 받지 못했다. 그러나 지금은 깨끗한 식수를 마실 수 있는 가정이 늘어가고, 교육과 결혼문화도 달라지고 있다 하니 다소 안심이 되었다. 케일이 우리가 있다는 걸 잊지 않았으면 좋겠다. 결연이라는 이름으로 만나 후원 졸업이라는 이름으로 헤어지는 게 아니라 몸은 멀리 있지만, 엄마라는 이름으로 남았으면 하는 바람이다.

분꽃은 한번 뿌리를 내리면 음지든 양지든, 돌보든 돌보지 않든 꽃을 피워낸다. 더 기특한 것은 다시 씨를 심지 않아도 매년 그 자리에서 더 많은 꽃을 피워낼 만큼 생명력이 강하다는 것이다. 내 손을 떠난 우리 아이들도 언제 어느 곳에 있든 잘 지냈으면 좋겠다. 열심히 공부해서 꿈을 이루고 인연을 소중히 여기며 멋진 삶을 살 수 있기를 나는 엄마라는 이름으로 응원할 것이다.

＊＊＊

사랑의 손길

내 주변에 더는 청기와 아파트를 아는 사람이 없다.

어쩌다 거론하면 사람들은 그런 아파트도 있냐고 반문한다. "한국 가게 근처에 허름한 노인아파트 있잖아"라고 콕 찍어 주어도 모르는 눈치다. 하기야 초등학생이었던 딸이 대학생이 되었으니, 세월이 많이 흐르긴 했다.

달라스는 유동 인구가 많은 도시여서 새로 유입된 사람이거나, 이곳에 오래 산 올드타이머라고 해도 그곳과 직·간접으로 얽힐 일이 없었다면 관심 밖의 장소일 것이다. 그 아파트는 'Villages'라는 영어 이름이 있다. 누가 그곳을 청기와 아파트라고 부르기 시작했는지는 나도 모른다. 지붕이 청색이어서 그러지 않았을까 짐작해 볼 뿐이다. 주인이 바뀔 때마다 아파트 이름도 바뀌었다. 하지만 내가 기억하고 싶은 이름은 그때나 지금이나 청기와 아파트다. 그래야 장수 할아버지를 기억할 수 있으니까.

할아버지가 생을 마감하시기 전 한동안 그곳에 갔었다. 봉사라는 말은 거창하고 처음엔 힘닿는 대로 빨래와 청소, 은행 업무, 장보기 등 소소한 일을 도와드렸다. 몇 달 다니다 보니 그분께 필요한 것들이 보이기 시작했다. 무엇보다 시급한 건 영양 보충이었다. 처음 뵀을 때만 해도 등이 굽어 그렇지 밥도 잘 드시고 지팡이만 있으면 잘 걸으셨는데, 어느 순간 급속도로 건강이 나빠지셨다. 이가 부실해서 음식을 고루 드시지 못하고 국이나 물에 말아 통통 불은 밥알을 반찬도 없이 대충 넘기시는 게 문제였다. 몸은 점점 마르고 피부에 핀 저승꽃도 짙어졌다.

할아버지 집은 현관문을 열면 한눈에 들어오는 작은 공간이 방이고 거실인 원룸이었다. 밟으면 검은 먼지가 풀풀 날리는 게 보일 정도로 낡은 카펫 위에 전기장판을 깔고 누워 지내셨다. 전등에 긴 끈을 달아 누워서 불을 켜고 끌 수 있게 하였고, 모든 물건은 손을 뻗으면 바로 닿을 수 있는 위치에 얼기설기 쌓아 두셨다. 음식을 해 드리고 싶어도 변변한 부엌살림이 없었다. 생각다 못해 우리 집 반찬을 할 때 좀 더 만들어 한 번 드실 만큼씩 소분

해서 수요일마다 전해드렸다. 받기만 하는 게 미안하셨는지 나는 이가 아파 먹을 수 없으니 가져가 먹으라며 냉장고에서 봉지에 싼 뭔가를 꺼내 주셨다. 풀어보니 한인 마트 스티커가 붙은 콩장, 멸치볶음, 무말랭이 등이었다. 할아버지가 드실 수 있는 음식이 아니었다. 누가, 언제 사다 주었는지 따위 여쭤볼 필요가 없었다. 밑반찬에 핀 하얀 곰팡이꽃이 이미 답했기 때문이다.

어느 날, 좀처럼 속을 보이지 않던 할아버지가 노인 아파트에 혼자 사는 이유를 털어놓으셨다. 자신은 고약하고 가부장적인 아버지였다고 말씀하셨다. 교육자였던 그분은 누구나 가르치려고 들었다. 당신 말이 곧 법이어서 그걸 어기면 폭력으로 자식을 다스렸다. 아내도 예외는 아니었다. 자식들이 어리고 능력 없을 땐 참고 살았지만, 성인이 되자 모두 집을 떠났고 아버지를 멀리했다. 할머니가 돌아가신 후엔 명절이 되어도 오지 않고 발길을 끊어서 할아버지는 찬밥 신세가 되고 말았다.

할아버지는 사람 목소리가 그립다고 하셨다. 그래서 케이블이 없어 지직거리는 텔레비전을 종일 틀어 놓으셨다. 하루는 도와드리고 나오려는데, 다음에 올 땐 책을 가져와서 읽어달라고 부탁하셨다. 아무 생각 없이 들고 간 것이 이청준의 『눈길』이었다. 가만히 듣고 있던 할아버지가 손등으로 눈물을 훔치셨다. "어머니에게 받은 것이 없으니 줄 것도 없다"라는 소설 속 주인공의 생각이 그분의 아픈 곳을 찔렀던 모양이다. 내가 왜 그렇게 살아서 자식들에게 상처만 주고 늘그막에 이 모양 이 꼴로 사는지 모르겠다며 후회하셨다. 죽기 전에 잘못을 빌고 화해하고 싶은데 너무 늦은 것 같다고 섧게 우셨다.

그 생각은 할아버지만 찌른 게 아니라 옹이처럼 박인 내 상처도 함께 찔렀다. 무방비 상태에서 찔려 표정 관리가 안 되는 바람에 눈물을 감추지 못했다. 젊은 여자와 재혼하여 전처 자식에게 무관심했던 아버지가 원망스러워 나 역시 마음 밭에 독초를 키우며 살았다. 그래서 아버지가 쓰러졌을 때, 도와줄 수 있냐던 새어머니 부탁을 외면해 버렸다. 받은 게 없으니 줄 것도 없다고 생각했다. 상황과 대상은 달랐지만, 할아버지와 나는 각자의 설움에 겨워 울었다.

하루는 도와드리러 갔는데, 오늘은 혼자 있고 싶으니 돌아가라고 하셨다. 안색과 음성이 좋지 않았다. 반찬만 냉장고에 넣고 갈 테니 나중에 드시라며 안으로 들어갔다. 카펫에 물이 흥건했다. 달팽이관 이상으로 어지럼증이 심해져서 화장실을 못 가고 바가지에 소변을 보셨는데, 내가 오기 전에 갖다 버리려고 일어섰다가 쓰러져 쏟았던 거다. 집에 있는 수건을 모두 꺼내 꾹꾹 찍어내고 비누를 풀어 청소한 후 할아버지를 씻겨드리고 빨래를 해 널었다. 자존심 하나로 버티고 산 그분의 세월이 바닥에 쏟아졌다고 생각하셨는지 그날도 많이 우셨다.

그날 이후 더는 할아버지 집에 가지 못했다. 그분에게 가족이 없는 것도 아니고, 그런 뒤치다꺼리까지 하는 게 남편은 언짢았던 모양이다. 좋은 마음으로 시작한 일이 부부싸움의 원인이 된다면 그만두는 게 맞는 것 같아서 찾아가 개인 사정으로 못 오게 되었다고 인사를 드렸다. 걱정이 앞서 발길이 쉬 떨어지지 않았다.

　몇 달 후 할아버지가 돌아가셨다는 연락을 받았다. 그 좁은 방에서 혼자 앓다 외롭게 돌아가셨다고 생각하니 마음이 너무 아팠다. 비상벨을 누르지 않아 늦게 발견한 모양이었다. 그분 성정으로는 벨을 눌러 구차하게 목숨을 연장할 분이 아니셨다. 한동안 그 거리를 지나치면서도 할아버지가 살던 쪽을 바라보지 못했다. 아니, 너무 죄송해서 애써 외면하고 싶었다. 뉴스에서 노인의 고독사에 관해 나올 때마다 할아버지 생각에 마음이 무거웠다. 기억은 지우고 싶다고 지워지는 게 아니었다. 정들었던 시간이 차차 흐려질 때까지, 어느 날 이름을 들어도 담담해질 때까지 기다려야 하는 거였다.
　소설 속 주인공이 어머니 진심을 알고 난 후 깊은 사랑을 깨달았던 것처럼 어느 날 나도 아버지의 진심을 알게 되었다. 아버지가 흘렸던 회한의 눈물은 미움의 장벽을 허물고 용서하게 하였다. 핏줄이라는 건 그런 것 같았다. 오랜 체증은 그렇게 내려갔다. 장수 할아버지도 화해하고 떠나셨으면 좋았을 텐데, 확인할 길이 없었다. 부디 하늘에서라도 용서하고 용서받으시기를 간절히 바랐다.

　지금도 청기와 아파트에는 누군가의 도움을 애타게 기다리는 또 다른 장수 할아버지가 계실 것이다. 동서양을 막론하고 독거 노인의 고독사가 사회문제가 된 것은 어제오늘 일이 아니다. 얼마 전 인터넷 뉴스에서 고독사를 줄이기 위해 고독사 고위험군 가구를 돕는 지자체나 단체가 많아졌다는 기사를 읽었다. 전화를 걸어 안부를 확인하거나 문 앞에 안부 자석을 붙여 안부를 확인하는 서비스도 있고, 반찬을 만들어 배달해 주는 단체도 있다니 참으로 고마운 일이다. 세상이 그리 차갑지만은 않은 것 같다.

　전 세계를 강타한 바이러스로 인해 우리도 고통스러운 시간을 보냈다. 여전히 어렵지만 그래도 나보다 더 힘든 이웃은 없는지 돌아보고 손을 보태야겠다. 크든 작든 그런 손길이 많아져서 우리가 사는 세상이 좀 더 따뜻해졌으면 좋겠다.

***

고구와 구마

코로나가 창궐했던 지난겨울을 한국에서 보냈다.

한국에 도착했던 날로부터 되돌아오는 날까지 하루하루가 스펙터클했다. 작가에게 고통의 순간은 어느 날 좋은 글감이 되더라고, 그러니 좋게 생각하라고 누군가 위로했었다. 틀린 말은 아닌 것 같다. 벌써 이야기보따리를 풀고 있으니 말이다.

박정이 작가님이 나를 생각하며 잘 길러주시겠다는 문자와 함께 고구마 사진을 카톡으로 보내주셨다. 피아노 위에 앉아 있는 녀석들의 모습을 보는 순간 눈물이 핑 돌았다. 귀한 대접을 받으며 지내는지 키도 훌쩍 자랐고 잎이 무성한 게 건강해 보였다.

자줏빛 잎사귀는 어느새 녹색 옷을 갈아입었고, 갓 올라온 새순들은 여전히 자줏빛이었다. 하트 모양 잎사귀들이 우린 잘 지내고 있다고 일제히 내게 손 하트를 날리는 것 같았다. 고구에게 기댄 구마도 편안해 보였다. 누가 누군지 구분이 안 될 정도로 한 몸 같아 보였다. 합방시켜 주길 정말 잘했다. 함께 있으면 덜 외롭고, 서로 의지하면 쓰러질 이유도 없었을 텐데, 왜 진즉 그 생각을 못 했는지 모르겠다.

고구와 구마는 아르누보 씨티Artnouveau City에서 지낼 때 길렀던 고구마다. 그곳에 아르누보 양식의 테마였던 식물의 넝쿨 모양이나 반복적인 황금 꽃무늬는 없었지만, 욕실과 간이부엌, 큰 냉장고와 소형 세탁기, 복도에 비치된 수많은 도서와 뜨끈한 온돌이 갖춰진 곳이었다. 게다가 로비에 24시간 여는 편의점까지 있어 척추 수술 후 나다닐 수 없었던 내겐 더없이 편한 레지던스 호텔이었다. 그곳에 덩굴식물보다 멋진 잎을 뿜내던 고구마들과 균형을 잃은 채 절뚝거리던 내가 있었다.

어느 날, 대전에 사는 문우가 택배로 보내준 상자를 열어보니 먹거리와 함께 고구마가 들어 있었다. 거동이 불편하기도 했지만, 코로나로 인해 식당 출입이 어렵고, 인증 문제로 배달 앱조차 깔지 못해 어려움을 겪는다는 걸 아는 그녀의 배려였다. 출출

할 때 고구마를 쪄 먹고 두 개가 남았는데, 깜빡하는 바람에 마르고 싹이 난 뒤 발견했다. 실내가 더웠던 모양이다. 다급히 유리잔을 꺼내 물을 채웠다. 고구는 간신히 앉혔는데 구마는 덩치가 작아서 잔 속으로 빠졌다. 페트병 입구를 잘라 컵에 깔때기처럼 거꾸로 얹으니 딱 맞는 의자가 되어 구마를 앉힐 수 있었다.

미국으로 돌아갈 사람이라 생필품 사는 게 아까웠다. 솔직히 길어야 한 달이면 돌아갈 줄 알았다. 그런데 회복이 더뎌 병원에 다니는 기간이 길어지다 보니 영화《Cast Away》의 '척 놀랜드'처럼 호텔 방에 있는 모든 물건을 재활용해 쓰는 데 달인이 되었다. 페트병으로 수저통, 필기구통, 양념통, 깔때기 등을 만들었고, 포장 음식 용기 재사용은 물론 딸기가 담겼던 둥근 플라스틱 용기에 나물도 무쳐 먹었다. 고립된 무인도에서 구할 수 있는 것들로 1,500일을 버텨낸 주인공처럼 어찌어찌 다 살게 마련이었다.
식물 기르는 덴 젬병이라 햇볕 잘 드는 창틀에 컵을 올려 두고 물만 갈아 주었을 뿐인데 고구마들은 별 탈 없이 잘 자라주었다. 고구는 성장이 빨랐다. 하루가 다르게 흰 뿌리를 내려 컵을 채웠고 튼실한 가지를 세우며 하트 모양의 잎사귀를 하나둘 피워냈다.

고구와 구마라는 이름은 포대와 이토라는 고구마를 기르는 글벗이 지어주었다. 무슨 이름을 그렇게 성의 없게 지었냐고 구박

했는데, 자꾸 부르다 보니 그 촌스러운 이름에 정이 갔다. 이름을 불러주는 행위는 그런 힘이 있는 것 같았다. 고구는 크고 늠름했고 구마는 작고 여렸다. 자라는 속도도 확연히 달랐다. 난 더디 자라는 구마가 늘 안쓰러웠다. 이름을 바꿔 주었다면 둘째의 설움을 면했을까?

고구와 구마는 내가 웃는 것보다 우는 걸 더 많이 보고 자랐다. 통증이 찾아올 때마다 할 수 있는 건 우는 것뿐이었다. 아무것도 해줄 수 없어 내 마음이 안쓰러웠던 것처럼 그 녀석들도 나를 보며 안쓰러웠을 것이다. 우리는 아르누보 16층 창가에서 상록회관 동편으로 뜨는 해와 강남 롯데 타워 위로 떠오르는 달을 보았다. 어떤 날은 창을 타고 흐르는 겨울비의 눈물을 보았고 또 어떤 날은 함박눈이 내리다 하늘로 솟아오르는 진풍경을 보며 그렇게 춥고 아팠던 겨울을 함께 버텼다.

출국 날짜가 정해지자 고구와 구마가 걱정되었다. '누구에게 맡기면 잘 길러줄까'를 고민하며 여러 얼굴을 떠올렸지만, 마음 편히 믿고 맡길 곳이 없었다. 내가 방을 비우고 나면 객실 청소하는 분이 당장 버리겠다고 생각하니 잠이 오지 않았다. 생명이 있는 것을 키운다는 건 쉬운 일이 아니었다. 그때 생각난 분이 박 작가님이었다. 그분이 운영하는 'Cafe Poem'에 초록 화분이 많았던 기억이 떠올랐다. 지인 소개로 알게 되어 몇 번 뵈었는데, 친절하고 따뜻한 분이셨다. 그분이라면 잘 길러주실 것 같았다. 유리잔은 호텔 거라 돌려줘야 해서 수저통으로 썼던 페트병에 물을 담아 고구와 구마를 함께 넣었다.

"이제 엄마는 가야 하니까 둘이 손 꼭 붙잡고 있어야 해. 같이 있어 주지 못해서 미안해"라고 말했는데, 슬픔이 목구멍까지 차올랐다. 행여 추운데 얼어 죽을까 봐 쓰레기봉투를 겹으로 싸서 여민 후 부탁 편지를 적어 테이프로 붙였다.

새벽에 공항 라이드를 위해 온 남동생에게 그분 카페 앞에 잠깐 세워 달라고 부탁했다. 빌딩 숲 사이로 칼바람이 부는데, 문 앞에 고구와 구마를 내려놓고 떠나려니 속울음이 삼켜졌다. 동생이 물었다. 캄캄한 새벽에 왜 남의 가게 앞에다 쓰레기를 두고 오냐고. 자초지종을 들은 동생이 한마디 했다.

"와! 씨바, 존나 감동스럽다."

분명히 욕인데 동생 목소리도 젖어 있었다.

고구와 구마는 완전체인 고구마로 다시 태어났다. 병들어 죽은 줄 알았던 몸에서 뿌리를 내리고 싹을 틔우며 어떤 모습으로든 살아만 있으면 괜찮아진다는 희망을 보여주었던 기특한 녀석들. 좁고 캄캄한 방에 자신을 가둔 채 차라리 죽었으면 좋겠다

고 못된 소리를 지껄이던 내게 상처가 아물면 새살이 돋는다는
걸 깨닫게 해준 나의 고구마들에게 감사와 사랑을 보낸다.

＊＊＊

해바라기

이른 봄, 현관 앞 화단에 못 보던 새순이 올라왔다.

그곳에 심은 꽃이 딱 세 종류여서 그것을 제외한 나머지는 잡초로 간주해 뽑아 버리곤 했는데, 그 잎은 잡초와 달랐다. 궁금하기도 하고 좀 더 자라는 걸 보고 뽑아도 늦지 않겠다 싶어서 그냥 두었다. 자기와 비슷하게 생긴 거라곤 하나도 없는 꽃밭에서 어떻게든 살아남아야겠다고 마음먹었는지 분꽃보다 빠르게 꽃대를 올렸다.

해바라기였다. 텍사스 인근 들판에서 쉽게 볼 수 있는 야생 해바라기가 아니라 소피아 로렌이 주연한 영화 《해바라기》에 나오는 줄기가 굵고 키가 큰 해바라기였다. 명화는 여러 번 다시 보는데, 전쟁의 상흔을 담은 그 영화는 다섯 번 넘게 본 것 같다. 그래서인지 가본 적 없는 우크라이나의 광활한 해바라기밭이 낯설지 않았다. 운전하다가 해바라기밭을 지나칠 때면 〈Loss of Love〉라는 슬픈 OST와 무표정해서 극도로 슬퍼 보이는 지오바나의 얼굴이 떠오르는 것도 아마 그 때문일 것이다.

심은 적이 없는데, 어떻게 우리 집 화단에 피었을까. 마치 근본 없는 자식이 내 집에 굴러들어 오기라도 한 것처럼 세 식구가 여러 가지 경로와 가능성을 유추해 보았다. 모두 오답이었다. 결국, 지인이 말끔히 정리해 주었다. 새의 소행이라고. 새들이 해바라기씨를 먹고 소화가 안 된 채로 날아다니다 아무 데나 배설하는데, 마침 그게 우리 집 화단에 떨어져 자란 거라고. 심지 않아도 자란다는 게 석연치는 않았지만, 믿을 수밖에 없었다.

화단에 자리 잡은 해바라기는 마디가 굵어지고 하트처럼 생긴 잎사귀가 여기저기 나오더니 머리에 왕관처럼 뾰족한 꽃봉오리가 생겼다. 얼굴이 하늘을 향해 있었다. 고개 숙인 해바라기에 관한 편견이 깨지는 순간이었다. 위에서 보니 갓 빚어 오므려 놓은 만두 윗부분 같았다. 안에 든 꽃을 보호하려고 초록색 겉잎은 온통 가시로 무장을 하고 있었다.

우리 집 화두는 어느새 해바라기가 되었다. 관찰 일기를 쓰듯 현관문을 드나들 때마다 사진을 찍어 서로 보고하느라 가족 카톡방이 정신없이 바빴다. 딸내미 사진보다 해바라기 사진이 많았던 것도, 꽃에는 관심 없는 줄 알았던 남편이 출근하느라 바쁜 아침 시간에 사진을 찍어 보낸 것도 이례적인 일이었다.

며칠 후, 초록 왕관 사이에서 노란 꽃잎이 나왔다며 남편이 사진을 올렸다. 자다 말고 맨발로 뛰어나갔다. 해바라기는 아기가 작은 손가락을 펴듯 연두가 섞인 노란 꽃잎을 하나씩 펼치는 중이었다. 반가워서 나도 모르게 소리를 질렀다. 해바라기는 폭풍 성장을 하여 마침내 노란 꽃잎을 우산처럼 활짝 펼치고 완벽한 해바라기로 우리 앞에 섰다. 가까이서 본 적이 없어 몰랐는데, 그 자태가 해처럼 눈부셨다. 원을 그리며 정교하게 자리 잡은 씨들은 노란색 옷을 입었고 성질이 급한 놈은 어느새 그 안에서 앙증맞은 꽃을 피워 밤색 꽃술을 내밀고 그 위에 노란색 꽃가루를 잔뜩 물고 있었다. 어찌나 곱던지 흠도 티도 없는 아기 같았다.

해바라기가 문을 열자 온 동네 꿀벌과 나비들이 날아들기 시작했다. 그때 해바라기 얼굴은 위가 아닌 앞을 향해 있었다. 노란 꽃가루가 얼마나 풍성한지 앉았다 날아가는 곤충마다 다리, 더듬이, 날개, 머리, 눈까지 범벅이 되었다. 온 얼굴에 꽃가루를 뒤집어쓴 꿀벌이 휘청이며 날다 벽에 부딪히는 걸 처음 보았다. 사랑에 눈이 멀어 앞뒤 안 가리고 달려드는 사내들 같았다. 수없는 곤충에게 몸을 내어 준 해바라기의 화려한 모습은 오래가지 못했다. 불볕더위가 계속되자 꽃잎은 밤색에서 검은색으로 변해 오그라들더니 한잎 두잎 떨어져 나갔고, 초록 잎사귀도 누렇게 떠서 말라비틀어졌다. 해바라기는 아름다움을 잃은 대신 다음을 이어갈 씨를 품게 되었다. 씨가 영글면서 무거워지자 깡마른 해바라기는 고개를 숙이기 시작했다.

가뭄으로 말랐던 대지에 장대비가 내렸다. 말굽자석처럼 목이 굽은 해바라기는 죄지은 사람처럼 고개 숙인 채 온몸으로 비를 맞으며 자리를 지키고 서 있었다. 사람이 한평생 겪을 일을 봄과 여름 동안 모두 겪은 해바라기가 안쓰러워 우산을 씌워주었다. 징글징글한 텍사스의 폭염과 폭우 속에서도 씨를 지켜내는 해바라기의 모성이 처연하고 서늘했다. 마치 나를 찾아왔던 그녀 모습을 보는 것 같았다. 병든 남편의 병원비와 어린 자식의 먹을 것이 필요하다며 전화도 없이 불쑥 찾아와 수없이 도움을 청했던 그녀도 늘 고개를 숙인 채 젖어 있었다. 어느 날은 비에, 어느 날은 땀에, 그리고 또 어느 날은 눈물에. 자신은 말라가면서도 가족을 지켜내려는 젖은 모습이 안쓰럽고 처연해서 생활비를 털어주곤 했다.

그녀는 화가였다. 프로필에 의하면 한국과 미국, 프랑스의 유수 미대를 나온 인재였다. 친정어머니는 부산 모 대학의 미대 교수님이고, 오빠는 건축사였다. 나머지 가족의 이력을 다 기억진 못하지만, 예술가가 많은 집안이었다. 그녀의 결혼생활은 순탄치 않았다. 딸 하나를 데리고 재혼했는데, 새 남편은 이민 사회에서 좋은 평을 받는 사람이 아니었다. 그녀를 처음 만난 건 새 남편과의 사이에서 태어난 아들을 유모차에 태우고 미술학원을 운영할 때였다. 그 이전의 행적은 그녀의 입을 통해 들은 게 전부였다. 그녀는 내 딸의 미술 선생님이었고 나는 그녀의 문학 선생님이었다. 그런 인연으로 13년을 가족처럼 여기며 살았다. 그녀가 끼니를 거르며 종일 학원에서 일하는 게 안쓰러워 도시락을 싸다 주고, 반찬도 갖다주었다. 열심히 사는 모습이 예뻤다. 선생님한테만 말하는 거라며 속내를 털어놓고 올 때마다 마음이 아팠고, 뭐라도 도움을 주려고 노력했다. 그녀는 내게 아픈 손가락 같은 사람이었다.

코로나로 인해 모두가 힘들었던 어느 날, 그녀의 베일이 벗겨졌다. 멀쩡히 살아 있는 남편을 죽었다고 가짜 장례식을 한 사건이 들통나면서 한인사회가 발칵 뒤집혔다. 뒤이어 그녀에게 사기를 당했다는 제보가 방송사에 속속 접수되기 시작했다. 그녀의 죄목이 신문과 라디오를 통해 밝혀질 때마다 교민들은 분노했고, 그녀는 죽일 년이 되어 발가벗겨진 채 비난의 폭우를 맞았다. 학벌, 경력, 상벌, 이름, 신분이 가짜, 어머니가 교수인 것도 가짜, 모든 게 가짜였다. 자기가 가르치는 학생의 부모는 물론 조금이라도 연줄이 닿는 사람에겐 돈을 빌리고 갚지 않아 빚이 산더미였다. 영주권 사기, 남의 신분증 도용 등의 대담한 범죄도 저질렀는데, 현금거래만 하고 차용증을 쓰지 않아 교묘히 법망을 피해 갔다. 큰돈으로 불려주겠다는 말을 믿고 사기를 당한 피해자들이 속출하자 한인회까지 발 벗고 나섰다. 그녀에겐 희대의 사기꾼이라는 수식어가 붙었다.

온몸에서 힘이 빠져나갔다. 내가 알던 그녀는 대체 누구였을까. 그런 사기꾼에게 내 딸의 교육을 십 년 넘게 맡겼다는 자책이 나를 괴롭혔다. 배신과 충격에 며칠을 앓았다. 드라마에서나 보던 일이 현실이 되었다. 설상가상 그녀에게 피해를 본 사람들과 기자들의 전화가 빗발쳤다. 처음엔 피해 본 거 없냐며 염려하는 척하더니 나중엔 그 여잔 지금 어디로 숨었냐, 정말 아는 거 없냐, 그런 사람인 줄 몰랐냐, 침묵하는 것도 죄다, 그 여자한테 문학 안 가르치고 도둑질 가르쳤냐에 이르기까지 비난의 화살이 봇물 터지듯 쏟아졌다. 가족처럼 가깝게 지냈다는 이유로 받은 벌이었다. 그들도 이기호 소설 『권순찬과 착한 사람들』의 주인공처럼 애꿎은 사람에게 화라도 내야 억울한 마음이 가라앉았을 것이다. 아는 것도 없었지만 입을 닫아버렸다. 내가 아는 그녀는 정 많고, 겁 많고, 가족을 위해 희생하던 사람이었다. 죽을병 걸린 남편과 아이들을 두고 다른 남자들과 통정하고, 사기 친 사람이라는 걸 받아들이는 데까지는 시간이 필요했다. 고통스럽고 불편한 시간이었다.

그녀는 자기편이 되어 주기를 바랐다. 아동보호국에 아이를 뺏길 위기에 처하자 자기가 좋은 엄마라고 진술해 달라는데, 나의 양심이 움직이지 않았다. 뭔가 피치 못할 사정이 있었을 거라고 잠시 연민했던 건 아마도 긴 세월 쌓인 정과 아꼈던 제자였기 때문일 것이다. 내게 써냈던 글에서조차 거짓말을 했다는 게 아직도 믿기지 않는다. 하나를 감추려니 열 가지, 백 가지 거짓말이 필요했던 거다. 그녀는 내 곁을 떠났다. 서운했던 모양이다. 하지만 후회는 없다. 그게 최선이었다.

그녀는 고흐를 좋아했다. 유독 해바라기 그림을 좋아했고 많이 그렸다. 지금 사는 집으로 이사 왔을 때, 자신이 그린 해바라기 그림을 선물했다. 부자 되시라고. 내게 해바라기가 사랑, 희망, 기다림이었다면, 그녀에게는 황금, 재물, 명예, 행운, 복이었다.
전쟁 중 숨진 군인과 민간인들이 집단으로 묻혀 있다는 것을 모르는 사람들은 우크라이나의 해바라기밭이 그저 아름답다고

만 느낄 것이다. 나도 그랬다. 그녀의 마음 밭에 무엇이 묻혀 있는지 몰랐을 땐 그녀의 해바라기들이 아름다워 보였다. 하지만 이젠 그림을 보는 것조차 힘들다.

우리 집 앞에 핀 해바라기처럼, 그녀도 어느 날 이 도시에 흘러들어왔다. 이곳에 사는 동안 수많은 죄를 지었음에도 반성의 기미라곤 없어 보였다. 해바라기처럼 고개를 숙이지도 않았고, 납작 엎드려 사죄해야 할 순간에도 얼굴색 하나 변하지 않고 거짓말을 했다. 무성한 소문만 남기고 그녀는 사라졌다.

미술학원이 있었던 자리에 제과점이 들어섰다. 얼마 전 그녀의 병든 남편도 아파트에서 고독사했다. 기사를 읽은 사람들은 이번엔 진짜 죽은 게 맞냐며 농담을 했다. 사람들의 입에 붉은 가시가 돋친 듯했다. 생전에 좋은 평을 듣던 사람은 아니었지만, 주검조차도 조롱거리가 되니 왠지 씁쓸했다. 주위가 어두워지면 해바라기는 누군가 집 앞에서 고개를 숙이고 서 있는 것처럼 보였다. 섬뜩했다. 남편에게 부탁해 뽑으려 했는데, 뿌리가 깊어 뽑히지 않았다. 결국, 톱으로 밑동을 베어냈다. 쪼그려 앉아 해바라기가 남긴 씨를 거뒀다. 너절해진 뱃속이 허해 보였다. 욕심이 잉태하여 죄를 낳고 죄가 장성하여 사망에 이른다고 했던가. 고개 돌린 해바라기를 쓰레기통에 넣는데 목구멍 뒤로 뜨거운 게 삼켜졌다. 씨는 거뒀으나 심진 않을 것이다. 해바라기는 내

화단도, 그녀가 그린 유화 속도 아닌 들판에 무리 지어 있을 때
가장 아름답다. 더는 해바라기가 슬픔이 아니었으면 좋겠다. 그
래야 나도 살 테니까.

우리에게 기쁨을 주었던 해바라기는 이제 없다.

***

작가라는 이름으로

시야를 가리는 게 없으니, 숨통이 트였다.

호텔 직원이 룸 선택권을 주었을 때 부실한 몸 때문에 고층을 잠시 망설였으나 엘리베이터가 있다고 생각하니 고민할 이유가 없었다. 객실 커튼을 여는 순간 숭례문, 서울역, 남산, 그리고 남대문시장이 한눈에 들어왔다. 전망도 좋았지만, 추억이 깃든 건물들이 눈앞에 있으니 모국의 편안함이 느껴졌다. 창을 통해 보이는 풍경이 좋아서 그곳에 머무는 내내 커튼을 열어두었다. 서울에 뜨는 해와 달, 어둠이 내리면 이마에 이름표를 달고 존재감을 드러내는 건물들, 수직으로 내리는 빗줄기, 자동차의 긴 행렬, 바쁘게 오가는 행인들, 그 모두가 창틀이란 프레임 속으로 들어와 아름다운 풍경화가 되어 주었다. 역병의 긴 터널을 지나 일상으로 돌아간 서울은 건강해 보였다. 별다른 일정이 없는 날은 창가에 앉아 원고를 쓰거나 책을 읽었고, 해가 지면 숙소 근처로 찾아와 준 지인들과 저녁을 먹기도 했다. 이구동성 혼자 있는 거 안 무섭냐고 물었다. 자칭 자가 격리형 인간이어서 외롭지 않다고 너스레를 떨었다. 문학이란 든든한 애인이 없었다면 아마도 가능치 않았을 것이다.

이른 아침에 남대문시장 쪽을 바라보다 알파문구 본점 꼭대기에 '문구 Art 박물관'이라 적힌 간판을 보게 되었다. 문구란 단어에 눈이 번쩍 띄었다. 문구는 학용 사무를 위한 용품 전체를 지칭하는 말이고 박물관은 오래된 것을 전시하는 곳인데, 그렇다면 대체 어떤 문구가 전시되어 있다는 것인지 궁금증이 발동했다. 한국에 방문할 때마다 남대문시장에 갔는데 그런 곳이 있는지 몰랐다. 고층에 방을 얻은 건 여러모로 탁월한 선택이었다. 가봐야겠다고 생각만 하던 차에 내 수업에 들어오는 수강생과 점심을 먹게 되었다. 혼자 갈치조림을 먹으러 갔다가 2인 이상 와야 들어갈 수 있다고 해서 못 먹고 왔다는 말을 듣고 마음이 쓰였는지 같이 가자고 했다. 그 덕에 한 맺힌 갈치조림을 실컷 먹었다. 나도 그녀에게 좋은 추억을 만들어 주고 싶었다. 글 쓰는 사람이니 그 박물관에 가보면 좋을 것 같았다.

"문구의 역사와 가치를 재조명하고 문구인을 비롯하여 문구를 사랑하는 사람들과 미래를 함께 공감하자는 의도로 개관"했다는 그곳은 생각보다 협소했다. 1950년대부터 현재까지 이어온 문구 역사의 흐름을 한눈에 볼 수 있도록 추억의 문구를 전시하여 운영하고 있었다. 이름만 들어도 반가운 모나미, 동아연필, 신한화구, 매표화학 등 20여 개의 국내외 문구 브랜드 제품과 함께 유명 작가나 개인이 기증한 제품도 전시되어 있었다. 우리는 학창 시절에 썼던 문구가 보일 때마다 반가워 탄성을 질렀다. 필기구에 관심이 많은 나는 전통 필기구인 벼루와 붓 그리고 잉크와 펜대, 연필, 샤프, 볼펜, 만년필 등에서 눈을 떼지 못했다.

어릴 때부터 연필을 좋아했다. 국민학교 때 손을 수없이 다쳐가며 기어코 연필 깎는 법을 배웠다. 못 쓰는 종이를 깔고 연필을 깎아 뾰족하게 심을 갈면 그렇게 뿌듯할 수가 없었다. 사각사각 소리를 내며 종이의 공백을 연필로 채우는 게 너무나 재미있었다.

아버지는 한의사였다. 붓글씨도 잘 쓰고 필체도 좋으셔서 동네 사람들이 경조사에 갈 때면 돈이 든 편지봉투를 들고 와 자신의 이름과 경조 문구를 한문으로 써달라 부탁하곤 했다. 차라리 대서방을 차리고 돈을 받으시라고 농담도 하셨다. 흰 종이에 한문으로 처방전을 척척 쓰는 아버지를 보면 어린 눈에도 멋있어 보였다. 아버지가 잘라놓은 약 종이에 인형을 그리고 한문을 따

라 그리며 놀았다. 학창 시절 한문에 강했던 건 장난감 대신 붓
을 쥐여 주셨기 때문이다.

핸드폰 하나로 기록하고 저장하는 게 가능해진 지금도 샤프
와 지우개, 손바닥만 한 노트를 들고 다닌다. 글 씨앗을 저금하
는 용도다. 생각나는 대로 끍적이다 보면 어느 날 열매를 맺기도
한다. 샤프를 좋아하는 이유는 지울 수 있기 때문이다. 전영록의
노랫말처럼 사랑을 쓰다가 틀려서 지우개로 지워 본 적은 없다.
하지만 잘못 쓴 문장을 지우고 다시 쓰면 좀 더 나은 문장이 되
더라는 것을 오래전에 터득했다. 샤프를 처음 갖게 되었을 때 신
세계를 만난 것 같았다. 쓰다 보면 뭉뚝해지던 연필심과 달리 초
지일관 0.5㎜를 유지해 주는 샤프심이 맘에 들었다. 어릴 때부터
문방구에 가는 걸 좋아했다. 코 묻은 용돈을 모두 그곳에 바쳤
다. 그곳엔 내가 좋아하는 모든 게 있었다. 그때 사고 싶었던 걸
다 못 사서 그런지 어른이 된 지금도 문구 파는 곳만 보면 심장
이 벌렁거려 들어가곤 한다. 빈손으로 나온 적은 없었지 싶다.

십 분이면 다 보겠거니 생각했던 그곳에서 우리는 꽤 오랜 시
간을 지체했다. 기억을 더듬으며 추억여행을 하고 있는데 그녀
가 나를 불렀다.
"선생님, 저 이 풀 알아요. 냄새도 기억해요. 지금도 코끝에서

그 풀냄새가 나는 것 같아요."

거기엔 조그만 플라스틱 주걱으로 퍼 썼던 문방풀부터 투명한 플라스틱 용기에 든 물풀, 립스틱처럼 돌려쓰는 고체형 딱풀까지 다양한 종류의 풀이 전시되어 있었다. 그녀는 저 풀이 자기가 어릴 때 썼던 거라며 반가워했다. 뭔가 옛 추억이 떠올랐던 모양이다. 무슨 뜻인지 알 것 같았다. 문방풀을 보는 순간 나 역시 오랜 세월 잊고 살았던 그 냄새가 기억났기 때문이다. 뭉클했다. 뭔지 모를 먹먹함이 목구멍까지 차오르는 기분은 초입에 놓인 스미스 코로나 타자기를 볼 때부터 그랬다. 처음은 아니었다. 추억의 장소에 갔을 때, 오래된 물건을 보았을 때, 잊고 살았던 음식 냄새나 맛을 맛보았을 때도 마찬가지였다.

몸이 기억하는 추억을 불러들이는 게 해마의 일이라 했던가. 자동화된 기억들은 끝까지 살아남는 거라고 노교수님으로부터 들은 적 있다. 내 몸이 기억하는 추억은 예고 없이 과거를 소환하기도 하고 감정을 지배하기도 했다. 아마도 그날이 우리에겐 그런 날 중 하루가 아니었을까 생각한다.

그녀에게 그 느낌이 사라지기 전에 글로 써 보라고 제언했다. 글감이 제 발로 찾아왔으니 놓치지 말라고. 어떤 추억이 끌려 나올지 알 수 없으나, 냄새까지 불러온 빛바랜 풀이 그녀만의 추억을 소환해 주길 바랐다.

그녀는 수필가다. 섬세하고 예리한 문체로 조곤조곤 문장을 잘 풀어낸다. 작품을 통해 무엇을 말하고 싶은지가 분명하고 어떻게 써야 하는지도 안다. 그녀의 수필을 읽고 있으면 아름다운 단편소설을 읽는 듯하다. 글이 좋다고 칭찬하면 지난 추억밖에 못 쓴다며 손사래를 친다. 그녀의 글 쓰는 태도는 본받을 만하다. 최선을 다해 쓰고 퇴고할 때면 자신이 쓴 글을 수십 번 읽고 수정한다. 초심을 잃지 않으려 애쓰는 모습이 자랑스럽다. 큰 기대 없이 왔을 텐데 문구를 보며 즐거워하는 모습을 보니 추억 여행을 잘한 것 같아 덩달아 행복했다.

그곳을 나오려는 데 큐레이터가 관람 후기를 부탁하기에 적어 주었더니 기념 볼펜을 선물로 주었다. 작가라는 말에 반가워하며 포토존에서 전시용 추억의 책가방을 든 사진도 찍어 주었다. 중고등학교 때 들고 다녔던 책가방이었다. 시간이 흐르면 추억과 사진만 남는다고 했던가. 그 덕에 추억 하나가 더 늘었다.

나이 들면 추억을 먹고 산다는 말이 무슨 말인지 어렴풋이 알 것 같다. 추억할 것이 있다는 건 얼마나 행복한 일인가! 추억은 살아온 흔적의 기록이요, 그림자와 같아서 떼려야 뗄 수 없다. 추억은 지난날을 돌아보게 하고, 그리워하게 하고, 성찰하게 하고, 좋은 에너지를 생성하기도 한다. 추억을 나누는 일 또한 좋은 일이다. 작가는 글을 통해 추억을 나누고 재생산하는 사람이다. 장르에 따라 추억에 허구를 입히기도 하지만, 진솔한 나눔은 독자에게 좋은 영향을 주기도 한다. 작가의 추억을 통해 독자는 경험해 보지 못한 세상을 간접적으로 경험하고 공감한다. 자기가 쓴 글을 보며 만족해하는 작가가 몇 명이나 될까. 내놓으려면 뭔가 2% 부족한 것 같고, 잘못 쓴 것 같아서 고민하게 된다. 지극히 자연스러운 일이다. 그런 두려움과 떨림이 없다면 초심을 점검해 볼 필요가 있다.

코로나로 인해 멈췄던 글쓰기 강의를 지난해 10월에 다시 시작했다. 오랜 세월 문화센터에서 대면 수업을 할 땐 수강생이 지역민이었는데, 줌으로 전환하니 타 도시와 한국에 사는 분도 수강하는 게 가능했다. 그들이 이루려는 목표는 다양했다. 작가가 되려는 분, 등단했거나 전공했으나 오랫동안 쓰지 않아 동기부여가 필요한 분, 책 출간을 위해 준비하려는 분도 계셨다.

글쓰기를 잘하는 방법은 끊임없는 습작이라는 걸 믿어 의심치 않는다. 문학을 전공한 사람이 다 작가가 되는 것도 아니고, 등단했다고 다 잘 쓰는 것도 아니다. 열심히 쓰는 사람이 잘 쓰게 되어 있다. 잘 쓰고 못 쓰고, 작품성이 있고 없고, 정서법이 맞고 틀리고보다 중요한 것은 글 쓰는 습관을 들이고 열심히 쓰는 것이다. 나탈리 골드버그의 조언 대로 "글쓰기는 글쓰기를 통해서만 배울 수 있다." 글쓰기를 통해서만 실력이 는다는 것은 말하나 마나 한 진리이다.

클래스를 시작하면서 작가도 일주일에 한 편을 쓰는 게 쉽지 않은데, 습작생들이 그걸 감당할 수 있을지 걱정이 많았다. 기우였다. 100%는 아니었지만, 그만하면 성공이다. 기본기가 다져진 분들이기도 했고 쓰겠다는 의지가 있는 분들이어서 등을 밀어줄 수 있었다. 하고 싶었던 일을 시작하는데 나이는 중요치 않고, 재고 따질 시간에 시작하면 된다는 걸 확인한 시간이었다. 그분들에게 나 또한 많이 배웠다. 서로의 선생이 되어 열심히 습작했으니 하산하여 열심히 쓰시면 될 것 같다.

사람은 누구나 자기 이야기를 하고 싶어 한다. 자기 이야기를 들어주는 친구가 한 명만 있어도 삭막했던 인생이 살만해진다. 작가는 글로 써서 소통하면 되니 얼마나 좋은가.

지금은 생사도 모른 채 살고 있지만, 군대 간 남자 친구에게 하루도 거르지 않고 편지를 쓴 적이 있다. 처음엔 일상을 보고하는 사무원처럼 썼는데, 삼 년쯤 쓰다 보니 글솜씨가 늘어 작가가 따로 없었다. 부대에서 검열을 핑계로 내 편지가 낭독의 대상이 되었다는 걸 나중에 알았다. 편지는 암울하고 힘들었던 젊은 날을 견디게 해 준 힘이었고 위로의 메시지였다. 어딘가에 내 이야기를 들어주는 사람이 있다는 것만으로도 온통 세상이 밝았다. 친구들 연애편지 대필도 많이 해줬다. 내가 써준 편지를 아내가 쓴 건 줄 알고 지금까지 간직하고 있는 남편이 있을지도 모른다.

　아무에게도 말하고 싶지 않은 나쁜 추억이나 깊은 상처를 자신에게 이야기해 주는 것도 좋다. 기억이라는 USB에서 꺼내어 진솔하게 쓰다 보면 내면의 자신과 만나게 되고, 용서하게 되고, 화해하게 되고, 악수하게 되고, 상처가 치유되기도 한다. 발표하지 않아도 괜찮다. 자신의 이야기가 다 퍼 올려져야 이웃이 보이고, 사회가 보이고, 국가가 보이고, 세계도 보인다. 그 문을 지나야만 다른 이야기들이 편하게 써지더라는 걸 경험을 통해 알게 되었다.

　"작가는 문학 작품, 사진, 그림, 조각 따위의 예술품을 창작하는 사람"이라고 국어사전은 정의한다. 글을 쓰는 사람만 작가가 아니라 문화예술 전반에서 창작의 고통을 업으로 삼는 이들이다. 창작은 자신과의 싸움이고 지독하게 외로운 작업이고 극한 직업이다. 자기가 좋아하는 일을 하는 이는 그나마 행복한 사람이다. 먹고사는 일 때문에 예술을 접고 전공 외의 일을 하는 사람도 많다.

　문학도 마찬가지다. 밥이 되지 않음에도 불구하고 해마다 크고 작은 문예지, 신문, 공모전 등을 통해 신인이 배출되고 문학을 전공한 졸업생이 쏟아져 나온다. 그들이 모두 작가가 되는 것은 아니다. 롱런하는 작가는 과연 몇 퍼센트나 될까. 나는 작가를 존경한다. 유명인이든 아니든, 전공을 했든 안 했든, 문학상을 받았든 안 받았든, 저서가 있든 없든, 결과물이나 가시적인

성과에 상관없이 창작의 고통을 감당하며 작가라는 이름으로 자신만의 문학세계를 개척해 가는 모든 작가를 추앙한다.

외국에서 한국문학의 맥을 이어가는 작가들이 있다. 전업 작가도 있지만, 많은 분이 생업에 종사하면서 창작한다. 적을 두고 있는 단체에는 좋은 문인이 많다. 쓰지 않고서는 견딜 수 없어서 손 글씨로 쓴 원고를 건네주시는 분들도 있다. 종이와 펜만 있으면 잘 노는 분들이다. 그분들의 원고를 컴퓨터로 옮기며 눈물을 삼킬 때가 있다. 공감하기 때문이다.

오래전에 한국으로 떠난 문우가 읽던 책 몇 권을 주고 갔다. 읽으려고 책장을 넘기다 공백에 적힌 메모를 보고 먹먹했던 기억이 남아 있다.

"내 수중에 있는 20불로 이 한 권의 책을 샀다. 두 끼의 식사 대신…. 현실 앞에 책을 읽는 것조차 사치스러운 삶이 되어 버렸다"라는 문장이 미국에서 그의 삶이 얼마나 힘들었는지 말해주고 있었다. 아무도 알아주지 않는 가난한 소설가였지만, 책을 읽고 소설을 썼던 시간만큼은 분명히 행복했을 것이다.

가난이나 환경이 펜을 꺾을 수는 없다. 작가에게는 쓰는 게 호흡이기 때문이다. 작품성이 문학의 전부는 아니다. 작품성을 운운하면 문학은 문인에게서 먼 이름이 되고 만다. 문학을 하는 사람이 따로 있는 것도 아니다. 누구나 내면에 작가의 기질을 가지고 있다. 다만 개발되지 않았을 뿐이다. 이민자의 삶을 녹여낸 작품들이 훗날 이민 역사의 중요한 자료가 되고 이민 문학사의 아름다운 한 페이지가 될 거라고 믿는다. 오늘 밤에도 익명의 땅에서 잠을 반납한 채 창작하는 모든 작가에게 존경과 응원의 박수를 보낸다.

***

조우

'KNN NEWS'를 보던 남편이 빨리 와서 이것 좀 보라며 호들갑을 떨었다. 부산 금정구의 한 골목길에 비가 내리는 장면이었다. 자세히 보니 골목 전체에 내리는 게 아니라 누군가 하늘에 구멍을 뚫어 놓은 것처럼 한곳으로만 빗줄기가 쏟아지고 있었다. 마치 그 부분이 캄캄한 연극무대에서 주연 배우에게만 비춰주는 스포트라이트 같았다고나 할까? 오직 프레임 안에 갇힌 비만 보였다.

조각구름이 햇빛을 가려서 '비'라는 배우가 설 자리에 그늘을 만들고, 바깥쪽은 환하게 밝혀 둔 듯한 역발상 연출로 관객의 시선을 사로잡았다고 생각하면 이해가 빠를 것이다. 바람도 숨죽이고 구경하느라 잠잠했는지 주연배우는 그 무대에서 십여 분간 머물며 빗줄기로 난타 퍼포먼스를 펼친 후, 대단원의 막을 내렸다.

아나운서는 그에 관해 "양팔 너비 정도의 넓이에만 비가 쏟아지는 믿기 어려운 현상"이라고 보도했다. 신기한 광경을 본 주민들은 복권을 사러 가야겠다며 행복해했다. 제보를 받은 기상청은 그 시간대에 강수 집계가 잡히지 않았고 레이더 영상에도 탐지되지 않았다며 소나기일 가능성이 크다고 전했다. 조각구름이 연출한 소나기 공연은 성공적이었다.

기상청이 잡아내지 못하는 비 소식은 아마도 셀 수 없을 것이다. 금정구에 반짝하고 나타났던 조각구름처럼 몰래 와서 퍼붓고 가는 깜찍한 소나기를 무슨 수로 다 찾겠는가. 그런 현상은 우리 동네만 해도 올여름에 두 번이나 발생했다. 지난 14일 일기예보에 비 소식은 없었다. 햇볕이 쨍쨍 내리쬐는데, 갑자기 소나기가 퍼부었다. 마침 그 시간에 지인들과 단체 카톡을 하던 중이어서 가까운 거리에 사는 두 분의 집엔 비가 오지 않았다는 걸 알게 되었다. 땅덩어리가 큰 텍사스에서 운전하다 보면 오른쪽 하늘은 맑은데 왼쪽은 장대비가 오기도 하고, 어두운 비구름이 비를 뿌리며 옮겨 다니는 게 보이기도 한다.

그런 소나기를 감지하는 촉은 기상청보다 내가 더 발달했다. 내 몸이 일기예보다. 적당한 명칭이 없어 '몸 예보'라는 이름을 붙여주었다. 겉보기는 멀쩡한데 속은 곯아서 비가 오려고 하면 삭신이 쑤신다. 올여름, 일기예보에도 없던 비를 두 번이나 맞춘 건 몸이 예보해 주었기 때문이다. 해가 이렇게 쨍쨍한데 무슨 비가 오겠냐며 휴대전화로 일기예보를 찾아보곤 하던 남편과 딸이 지금은 내 실력을 인정한다. 처음엔 긴가민가했는데 지금은 명확하게 그 느낌을 안다. 실은 나보다 고수는 친정어머니였다. 아, 외할머니가 먼저인가? 아무튼 나도 이제 그 반열에 오른 듯하다. 음! 이것도 자랑이라고 떠드는 나 자신이 한심하지만, 사실이다.

어머니의 몸 예보는 김동완 통보관보다 정확했다. 몸이 비를 감지하면 어머니는 비설거지를 하느라 바빴다. 행여 젖을까 봐 맨발로 뛰어나가 항아리 뚜껑을 덮고, 빨래를 걷고, 고추를 걷으며 비로부터 지켜야 할 것을 지키셨다. 그런 날이면 어머니는 밤새 앓는 소리를 하셨다. 어느 날, 그 신음이 듣기 싫어서 평생 후회하게 될 말을 하고 말았다. 앓는 소리 내면 덜 아프냐고.

언니가 온 세상 사춘기를 다 끌어다 오랜 세월 앓으며 어머니 속을 뒤집는 바람에 나는 사춘기의 '사'자도 생각해 보지 못했다. 뭔가 단전 아래서부터 끓어오르는데, 나까지 보태줄 수가 없었다. 어머니가 생각했던 것처럼 착해서 사춘기를 수월하게 지나갔던 게 아니라 꾹꾹 눌러 삭였던 거다. 끝까지 참았어야 했는데, 아마도 그날은 뭔가 심사가 뒤틀렸던 모양이다. 그 뒤로 어머니는 앓을 때마다 내 눈치를 보시는 것 같았다.

어머니는 만회할 기회도 주지 않고 마흔여덟 아까운 나이에 돌아가셨다. 미안함이 심중에 옹이로 남아 아직도 아프다. 얼마나 서운하셨을까. 그래서 내가 몸 예보를 벌로 물려받은 모양이다. 비가 올 때마다 오지게 앓으니 말이다. 이젠 안다. 신음은 내고 싶어서 내는 게 아니라 저절로 나오더라는 것을.

내가 앓는 소리를 하면 딸이 파스를 들고 온다. 혈 자리를 찾아 침을 놓아주셨던 아버지처럼 아픈 곳을 찾아 붙여준다. 그 모습을 보고 있으면 뭉클하다. 싫은 내색을 한 적이 없는데, 나도 모르게 신음을 삼키곤 한다. 어머니에게 지은 죄 때문일 것이다. 불효의 손바닥 구름은 평생 주변을 떠돌다 난데없는 소나기로 변해 그렇게 퍼붓곤 했다. 백 세 노인이 어머니를 추억하며 눈물을 흘리는 건 다 그래서가 아닐까. 죄송하고, 그립고, 가슴에 못 박은 게 한이 되어서 말이다.

햇빛이 쨍한데 비가 오는 날이면 "호랑이가 장가 가나 보다"라고 하셨던 어머니가 생각난다. 하도 들어서 어렸을 땐 진짜 호랑이가 장가를 가는 줄 알았다. 오랜 세월이 흘러도 그 음성이 잊히지 않는다. 에티오피안 친구에게 그 말을 해줬더니 자기 고향에선 호랑이가 아니라 하이에나가 시집을 간다고 하는 바람에 한바탕 웃은 적이 있다. 곰인 나라도 있고 쥐인 나라도 있단다. 동물들은 왜 그런 날 결혼을 하는 걸까? 참 재밌다. 그 비를 기상학적인 용어로 '천루天漏'라고 써 놓은 기사를 본 적 있다. '하늘의 눈물'이라는 뜻이다. 제목만으로도 시 한 편이 써질 것 같아 구글에 검색해 보았는데, 정확한 근거를 찾진 못했다. 괜찮다. 어차피 나는 습관처럼 호랑이가 장가 간다고 말할 것이고 그리운 목소리를 추억할 테니까.

조각구름은 누구에게 존재감을 드러내고 싶었을까? 살다 보면 그 비처럼 스포트라이트를 받는 순간이 올까. 지인들에게 농담처럼 말하곤 했다. 훌륭한 사람이 될 거라고. 내가 잘하는 건 뭘까. 그런 게 남아있기는 한 걸까. 어머니를 만날 때 부끄럽지 않은 딸이나 되었으면 좋겠다. 굵고 짧게 개인기를 보여주고 추억과 악수하게 해 준 비와 조각구름에게 트로피를 주고 싶다.

*　*　*
백경혜

글은 살아있는 것이 아닐까, 때때로 생각합니다. 가만히 들여다보면 미세하게 흔들리다 그 자리에 새로운 돌기가 나오고 돌기가 자라나 전혀 새 글이 되기도 합니다. 그래서 붙박이로 인쇄해 두기가 가끔은 망설여집니다. 그건 사진처럼 찰나를 간직한 것에 불과하기 때문입니다. 그럼에도 수필집 한 칸에 제 글을 올렸습니다. 글은 부드러운 숨을 쉬며 나를 다독이고 너의 혼돈이 갈무리되어갈 거라고 위로합니다. 이제 한밤중에 깨어도 이불 속으로 숨지 않습니다. 좋은 사람이 되고 싶다는 소망도 품게 되었습니다. 그 고마운 글쓰기를 알리고 싶습니다. 망설이던 한 분이 용기 내 쓰기 시작한다면 부끄러운 내 글도 세상에 나온 보람이 있을 것 같습니다.

***

화해

어린 시절을 생각하면 떠오르는 풍경이 있다.

좁고 가파른 나무 계단, 그 계단을 오르면 보이던 동그란 창문, 그리고 창문 앞에 떠다니던 먼지와 오래된 다다미 냄새, 내 의식 깊숙한 곳에 자리 잡은 그 이미지는 쓸쓸하고 고요하다.

우리 가족이 살았던 집은 적산 가옥이었다. 내가 나고 자란 원효로는 일제 강점기에 일본인들의 거주지였다. 1894년 청일 전쟁 당시, 지금의 효창공원 자리에 일본군이 주둔하면서 정착하기 시작하여 1909년에는 그 인구가 만 명으로 늘어났고 1925년, 일본인 거주 비율은 90% 이상이었다. 1970년대까지도 우리 동

94 · 작가라는 이름으로

네에는 일본 집들이 많이 남아있었다.

　그 목조주택은 오래된 집치고 꽤 튼실했다. 아래층에 안방, 부엌, 화장실이 있었다. 부엌에 아궁이를 두어 안방을 온돌로 개조했지만, 이층은 손대지 않은 일본식 그대로였다. 안방 아랫목에서 온 식구가 둥그런 상에 둘러앉아 밥을 먹던 기억은 따스하게 남아있지만, 어둡던 계단과 휑하니 넓었던 이층을 생각하면 가슴이 서늘히 내려앉는다.

　이층엔 다다미가 깔린 세 칸의 방이 있었다. '후스마'라 불리던 맹장지문을 모두 열면 하나의 넓은 공간이 되지만, 밀어 닫으면 세 개의 독립된 방이 되었다. 후스마는 한옥의 미닫이문과 비슷하나 안팎으로 두꺼운 종이를 발라 빛이 통하지 않는 칸막이용 문이다. 나무집인 데다 다다미 바닥이어서 겨울엔 추웠다. 창틈으로 찬 바람이 새어 들어오던 양쪽 방은 비워두고 언니와 나는 가운뎃방에서 잠을 잤다.

　장지문 너머 비어있는 두 공간이 나는 언제나 무서웠다. 단단하게 나무틀을 짜고 은은히 반짝이는 종이를 바른 후스마는 어린 내 눈에 아름다웠지만, 그 문 너머 텅 빈 방에 서려 있을 어두움이 떠오르면 오만가지 생각이 들곤 했다. 한밤중에 깨어나면 옆방에서 니는 작은 소리에 귀를 바짝 열고 경계했다. 우리가 사는 모습을 소곤거리며 엿보는 기괴한 존재들을 상상하며 그들을 피해 이불 속으로 기어들어 갔다. 그러다 지치면 옆에서 자는 언니 팔을 가만히 붙잡고 다시 잠을 청하곤 했다.

사람이 오랫동안 살다 간 공간에는 그들의 얼이 담기는 것일까. 그 집에 살았던 사람들이 남기고 간 흔적을 발견하는 것은 이야기책만큼이나 흥미로운 일이었다. 골풀로 촘촘히 엮어 만들어 풀냄새가 진하게 났던 다다미 틈새에는 그 위에 눕고 앉고 일어나 분주히 다녔던 그들의 일상이 스며있는 듯했다. 다다미 방 한 면에는 미닫이문이 달린 일본식 붙박이 벽장 '오시이레'가 있었는데, 그 내부의 벽지로 사용되어 긴 세월 퇴색된 신문지에서는 오래 묵은 이야기들이 두런두런 들려오는 것 같았다.

먼 거리를 이주해 와 그곳에 정착한 일본인들은 어떤 모습으로 살았을까. 식민지였던 우리나라 사람들은 그들의 눈에 어떻게 비쳤을까. 패전 후 그들이 서둘러 떠나간 자리에 들어와 살았던 우리나라 사람들은 또 어떤 이들이었을까. 한국 전쟁 당시 그 동네에선 무슨 일들이 있었을까. 1900년대 초반에 지어져 우리 가족이 입주하기까지 대략 70여 년 풍파 속에서 들어오고 나간 사람들의 구구한 사연이 집 안 구석구석에 먼지처럼 머물러 있었다.

그 집은 신비로웠다. 동그란 창문은 어둡고 좁은 계단에 기다랗게 빛을 드리우고 있었다. 길가 쪽으로 넓은 창이 나 있던 큰

방 한 면에는 바닥을 다다미보다 한 단 높이고 옹이진 통나무 기둥과 벽으로 구별해 놓은 특별한 공간이 있었다. 서너 사람쯤 올라가 앉을만한 면적이었다. 안쪽 벽은 그 당시 보기 드문 까만색 모래 같은 재질로 마감이 되어 있었다. 까끌까끌하며 반짝이던 그 벽이 신기해서 손바닥으로 쓰다듬어 보곤 했지만, 보기에도 정성 들여 구별한 곳 같아 거기 올라가 노닥거릴 마음을 먹지는 못했다. 세상은 온통 모르는 것들로 가득했지만, 나는 그것이 무엇인지 일일이 묻지 않았다. 더구나 이사 나올 때까지 그 방은 내내 비워두었기 때문에 그곳은 오랫동안 신비로운 형상으로 마음속에 남게 되었다.

그곳은 '도코노마'라고 불리는 공간이었다. 예전에는 그들의 신을 모시는 신성한 곳이었고 집주인이 앉는 자리였으나, 현재는 그림과 장식품 등을 걸어 두는 공간이라는 것을 최근에야 알게 되었다. 일본 사람들은 그 자리를 여전히 신성하게 여겨 함부로 올라가지 않는다고 한다. 나 같은 아이가 배우지 않고도 그것을 알았다니 사람이란 어떤 존재인가 생각하게 된다.

마룻바닥을 깐 두 칸짜리 변소는 집 안에 있었다. 재래식 변기 옆에 작은 장방형의 창이 나 있어서 채광과 환기에 도움이 되었지만, 장마철이 되면 그 환기창도 무용지물이 되고 말아 우리 어머니의 최고 원수가 되었다. 고색창연하던 우리 집 '변소'는 결국 뒷마당 한편에 새로 지은 '수세식 화장실'로 대체되어 쫓겨 나갔다. 관리가 어려워 골치를 썩이던 다다미도 걷어내고 그 자리에 온수 보일러를 들이는 동안 우리 세 남매는 별 탈 없이 자라났다. 고등학교에 진학할 무렵, 근처에 이층 양옥집을 지어 이사 나오기까지 내가 기억하는 유년의 대부분을 그 집에서 보냈다.

지금도 가끔 꿈속에선 이층 낡은 창가에서 뒷마당을 내려다보는 나를 만난다. 양지바른 맞배지붕 위엔 우리 집 얼룩 고양이가 나른히 누워있고 그 아래 뜰엔 어머니가 심어 놓은 해바라기가 보인다. 그 꿈은 아름답고 슬프고 으스스하다.

윈스턴 처칠은 "우리는 건물을 만들고 건물은 우리를 만든다"라고 했다. 나는 아직도 혼자 자야 할 때는 이불을 머리까지 덮는다. 한밤중에 깨어나면 나를 두르고 있는 어두움에 압도되어 다시 잠들기 힘들 때가 있다. 그 무섬증은 그 집이 아니면 설명할 수 없다. 여행 중에 긴 역사를 가진 도시를 만나면 오래된 건물과 손때 묵은 낡은 것들에 시선이 머문다. 설명할 길 없는 내 안의 슬픔도 그 집을 생각하면 왠지 그럭저럭 이해된다. 어린 시절 내내 그 집이 나를 만들어갔던 것은 아닐까. 나에게 남과 다른 정서가 있다면 그 특별한 집이 내게 물들인 색깔일 것이다.

우리 가족을 마지막으로 그 고택은 철거되어 사라졌고 지금은 멋대가리 없이 지어진 삼 층짜리 콘크리트 건물이 들어서 있다. 다시는 갈 수 없는 곳이 되어 더욱 그립다.

서울시 한복판에서 태어나 행길의 굵다란 플라타너스 그늘에서 술래잡기하며 뛰어놀고 오래된 일본식 주택에서 성장한 나는 격변하여 온 한국 근대사의 한 조각이다. 근대에서 현대로 이어지며 세상이 몸살을 앓을 때 어쩐지 내 삶은 더 뒤죽박죽인 것 같았다. 일본인이 살기 위해 그들의 방식으로 한국 땅 수도 한가운데 지은 집, 어쩌면 그것이 가진 미세한 엇박자가 내 안에서 불협화음으로 연주되어 왔는지도 모르겠다. 이제는 그것을 들여다보려 한다. 그 짓눌림, 쓸쓸함, 두려움과 화해하고 싶다.

십여 년 전 미국 중남부 텍사스로 이주하였다. 지금 우리 집엔 도코노마 대신 벽난로가 있고 풀 내 나는 다다미 대신 먼지 날리는 미제 카펫이 깔려있다. 소속 불명 인생은 아직도 진행 중이다. 미국 땅 이층 목조주택은 나에게 어떤 색을 입히게 될까. 누가 알겠는가. 계속되는 내 안의 불협화음을 나 혼자만 낼 수 있는 특별한 소리로 다듬는 날이 와줄지. 무엇이 네 것이고 무엇이 내 것인지 구별 없이 살지만 나는 아직 길을 잃지 않았고, 진정한 나의 것은 갈수록 또렷해진다.

침침했던 마음속 고택에 불이 켜진다.

*****
게임하는 엄마

나는 비디오 게임을 좋아한다.

대학에 다닐 땐 학교 앞 오락실에 갔다. 공강 때 시간이 남으면 친구들과 학교 밖으로 나가 700원짜리 칼국수를 사 먹고 오는 길에 오락실에 들르곤 했다. 어두운 실내에 나란히 배치된 게임기에선 뻬용뻬용 신나는 전자음이 들렸다. 게임을 고르고 동전 투입구에 50원짜리 동전을 넣으면 특별한 시간이 시작되었다. 제일 좋아했던 건 '보글보글Bubble Bubble'이었다. 두 마리의 귀여운 용이 입으로 방울을 쏘아 괴물을 가둔 다음 그것을 터트리면 요란하게 터지며 갇혀 있던 괴물이 사방으로 날아가고 그 자리에 바나나, 복숭아 등 과일이 남았다. 방울을 모아서 한꺼번에 터트리면 케이크나 칵테일이 남기도 했다. 오락실은 세상과 낙원 사이 어디쯤 존재하는 판타지 세계였다. 그곳은 대부분 너저분하고 침침했지만, 판타지에 딱 어울리는 배경이었다. 가지고 간 동전이 바닥날 때까지만 누리는 딴 세상이었다.

대학 졸업반일 때 컴퓨터가 강의실에 등장했다. IBM의 그 초기 컴퓨터를 쓰려면 여러 개의 명령어를 외워야 했다. 몇 년 후 애플의 매킨토시를 샀을 때 드디어 공짜로 집에서 '팩맨' 게임을 할 수 있게 되었다. 그런데 이상하게도 동전이 필요 없는 게임은 재미없었다. 오락실 게임은 오락실에서 해야 제맛이었을까. 첫 번째 게임은 그렇게 시들해졌다.

다시 게임을 하게 된 건 두 아들의 엄마가 된 후였다. 용산전자상가 게임 상점에서 인기 있는 게임을 추천받았는데, 그중 몇 개는 평생 기억에 남을 것이다.

'툼 레이더' 시리즈는 액션 어드벤처 게임이다. 나는 주인공 라라 크로프트가 되어 폐허가 된 유적지에서 보물을 찾아냈고, 도시의 빌딩 옥상에서 멀리뛰기를 하며 건물과 건물 사이를 누비고 다녔다. 이집트 피라미드에서는 숨겨진 덫을 피해 가며 밧줄을 잡고 이동했고 나를 잡으려는 악당을 향해 샷건을 날리기도 했다.

'디아블로2'는 다수의 적과 싸우는 핵 앤 슬래시Hack and Slash 게임이다. 원소 술사가 되어 불덩이를 날리기도 하고 얼음 화살을 소환하기도 하며 분투했지만, 중세 시대 배경의 으스스한 스토리와 나를 줄줄이 따라오는 적들의 괴이한 몰골에 등골이 오싹해지기 일쑤였다. 깊은 밤에 기묘한 배경 음향을 들으며 게임을 하면 우리 집 거실은 무시무시한 던전이 되었다. 용맹한 마법사여야 할 나는 사실 조무래기 적만 만나도 화들짝 놀라는 졸보였지만, 오직 엔딩을 보고 싶은 마음으로 끝까지 적진을 헤매고 다녔다. 짜릿한 공포 속에서 외롭게 퀘스트를 달성해 나갔던 그 밤들을 나는 아직도 잊을 수 없다.

그 밖에도 퍼즐을 풀거나 강력한 적을 물리쳐야 다음 장면을 볼 수 있는 것들도 있고 도시를 기획하거나 캐릭터를 만들어 성공시키는 인생 시뮬레이션 게임도 있었다. 게임을 계속하게 한 원동력은 호기심이며 그것은 내가 책이나 영화를 보는 이유와 크게 다르지 않았다.

미국으로 이주하고 아이들을 키우며 여러 가지 새로운 도전을 하다 보니 점차 게임을 못 하게 되었다. 판타지 세계에 들어가기에는 현실 세계가 너무 바빴다. 오랫동안 게임을 손에서 놓으니, 이제는 순발력이 떨어져서 아들과 게임을 함께 해보면 내 캐릭터는 비실비실하며 정신을 못 차린다. 다시 따라잡으려면 특단의 훈련이 필요할 듯하다. 요즘 게임들은 그래픽도 정교해졌고, 게이머가 줄거리를 만들어 나가기도 하는 등 스토리도 진화했다. 특히 유저들이 파티를 만들어 퀘스트를 함께 달성하는 온라인 게임이 대세인 것 같다.

엄마랑 같이 게임을 하며 자란 두 아들은 같은 대학 컴퓨터 사이언스 학과 선후배가 되었다. 독립하여 댈러스에서 직장생활을 시작한 큰아들은 주말이면 샌머테이오와 디트로이트에 흩어져 사는 친구들과 온라인 게임방에서 만난다. 그리고 게임의 보스가 살고 있는 적진으로 함께 쳐들어간다. 테네시에서 대학에 다니는 작은아들은 가끔 게임 채팅방에서 친구들과 만나 근황을 나누고 종종 게임 아이템을 선물로 주고받는다. 온라인 게임방은 우리 아이들이 뛰어노는 중요한 뒷골목이 되었다.

아들이 게임을 좀 오래 한다 싶을 때 보통은 그냥 아이에게 맡긴다. 잘 만든 게임이 얼마나 매력적인지 공감하기 때문이다. 그리고 더 중요한 일을 위해 덜 중요한 일을 절제하는 법도 이미 배웠으리라 믿기 때문이다.

가끔 어릴 때 같이 한 게임 이야기가 나오면 아이들 눈이 반짝인다. 아마 내 눈도 반짝였을 것이다. 그 게임 OST를 찾아 함께 듣기도 한다. 게임의 장면을 회상하는 것은 함께 다녀온 특별한 여행을 추억하는 것과 비슷하다.

"그 보스를 이기는 게 너무 힘들어서 성민이 네가 대신 깨주었지."

"엄마, 그 게임 엔딩 때 나왔던 음악 기억나요? 정말 환상적이었잖아!"

아득히 그리운 그때를 신나게 이야기하며 아들과 나는 친구가 된다. 아이들은 엄마가 다시 비디오 게임을 하면 좋겠다고 한다. 앞으로 AI가 접목된 새로운 게임이 나오면 또다시 시작하지 않을까. 그때는 아들과 온라인 뒷골목에서도 만나고 싶다.

비디오 게임은 다른 놀거리와 구별되는 특징이 있다. 게임 속 세계에서는 내가 주인공이 되어 한계 없는 세상을 누빌 수 있으니 그 경험 자체가 특별하다. 같은 게임을 하는 사람들과의 유대감도 유별나다. 게임에만 쓰는 명칭이 있다 보니 게이머 아닌 사람은 잘 모르는 개념이 있다. 자기네만 알아듣는 단어를 사용하니, 마치 암호로 소통하는 동지가 된 듯, 더 쉽게 친밀해지는 것이 어쩌면 당연한 일일 것이다.

나에게 비디오 게임은 메마른 일상에 잠깐씩 내리는 소나기처럼 권태를 시원하게 날려준 깜짝 판타지였을 뿐만 아니라 아이들이 나를 더 따르고 사랑하게 해 준 즐거운 경험이었다.

나 좋자고 한 일치고 꽤 짭짤하지 않은가.

***
닭볶음탕 팡파르

아들이 나왔다.

수업을 마치고 학교에서 쏟아져 나오는 백인 아이들 틈에서 까만 머리 동그란 얼굴의 아들은 멀리서도 잘 보였다. 무거운 백팩을 멘 한쪽 어깨가 오늘따라 더 처져 보였다. 잠시 두리번거리더니 차로 곧장 걸어왔다. 낯빛이 어두웠다. 마음에 물둘레가 이는 것 같았다. 무슨 일이 있었던 걸까. "학교 잘 다녀왔어?" 조수석 문을 여는 아이를 보며 일부러 환하게 웃어 보였다. 대답을 하는 둥 마는 둥 했다. 아이는 느긋한 성격에 참을성이 많은 편이고 여간해선 감정을 드러내지 않는다. 무언가 물어보면 대답은 거의 셋 중 하나다. Yes와 No 아니면 Maybe. 자세한 설명을 하는 일은 좀처럼 드물다. 그런 대화엔 인내심이 필요하지만, 큰 아들 때부터 단련되어 이제는 그것도 익숙하다. 찬찬히 물어보니 수학 선생님의 독특한 채점 방식 때문에 불이익을 받은 듯했다. 그 바람에 상위로 앞서 있던 자기가 억울하게 뒤처지게 된 모양이었다. 선생님 재량에 맡겨야 할 부분이었다. 속상한 아들을 격려하고 싶을 때 항상 하는 말을 건넸다.

"오늘 저녁때 맛있는 거 먹자! 삼겹살 먹을까?"

입가가 슬쩍 올라가며 고개를 끄덕였으니, 그것으로 되었다. 저녁 먹을 즈음이면 기분이 나아질 것이다.

큰아들은 타주에서 대학에 다니고 있다. 방학 중엔 인턴십을 나가니 함께 있는 날이 일 년에 며칠 되지 않는다. 아들이 돌아오는 날에는 음식 준비로 마음이 분주하다. 그렇다고 요리를 잘하는 엄마는 아니다. 사실 요리에는 별 관심이 없다. 그래도 아이가 집에 도착하면 우선 밥상부터 차려준다. 오랜 시간 타지에서 지내며 헛헛했을 뱃속을 뜨끈한 엄마 음식으로 채워주고 싶어서다. 두 아들이 좋아하는 음식 중 하나는 고추장 두부조림이다. 두꺼운 세라믹 뚝배기에 뚝뚝 썰어 놓은 두부를 담는다. 두부에 매콤하고 고소한 고추장 양념을 바르고 그 위에 두부를 한 칸 더 올린다. 그렇게 양념을 발라가며 두부를 쌓은 다음 뚜껑을 닫고 은근한 불로 한 시간쯤 졸인다. 조리법은 비교적 간단하지만, 만들기는 까다롭다. 불을 조금만 세게 올려도 바닥에 있는 두부가 금세 타서 탄내가 전체에 배어 버리기 때문이다.

끓고 있는 양념을 두부에 끼얹어 가며 정성스럽게 졸이다 보면 부모 노릇이 두부조림과 비슷하다는 생각이 들곤 한다. 알싸한 고추장 양념은 부모의 훈육 같다. 호된 맛의 고추장과 파, 마늘은 옳고 그름을 확고히 가르치는 단호함이 된다. 거기에 고소한 참기름 몇 방울을 떨어뜨리고, 조미료를 한 스푼 넣는다. 애정을 달짝지근하게 첨가하는 것이다. 애정과 단호함을 휘휘 저어 깊은맛을 가진 고추장 양념이 완성되면 뭉근한 불로 끓여주는 과정이 기다린다. 연약한 두부의 사정을 봐가며 불 조절을 해야 하는 것처럼 부모 노릇도 완급조절이 필요하다. 성장하는 아이들이 스스로 자리를 잡아가도록 지켜보는 과정도 꼭 필요한 것 아닐까. 들썩거리는 두부를 뜨거운 양념 국물로 감싸주고 반드시 일정 시간까지 기다려 주어야 제맛이 드는 것처럼 말이다. 말랑한 두부 같은 자식의 마음 켜켜이 사랑을 품은 부모의 가르침이 스며들면 언젠간 사회에서 자기 역할을 맛깔나게 감당하는 어른이 될 것이다. 나도 그렇게 자식을 품고 인내하는 따뜻한 엄마가 되고 싶다. 가끔 조급하게 굴다 태워 먹을 때도 있겠지만, 부모 노릇도 두부조림같이 세월이 갈수록 점점 더 잘 해낼 수 있으면 좋겠다.

음식으로 마음을 전하는 건 어머니가 가르쳐 주셨다. 부모님이 다툰 다음 날이면 어머니는 아침부터 콩나물죽을 끓이셨다. 콩나물죽은 아버지만 좋아하시는 음식이었지만, 세 남매는 아침상에 오른 콩나물죽을 불평하지 않았다. 그것이 어머니가 내미신 화해의 손이란 것을 아는 까닭이었다. 아버지는 매번 맛있게 드시는 것으로 말없이 그 손을 잡았다.

항공사에서 일하던 시절, 해외 장거리 비행을 다녀오면 어머니는 항상 닭볶음탕을 해놓고 기다리셨다. 내가 김포로 돌아오는 비행기 안에서 분주히 일할 때 어머니는 시장에서 싱싱한 닭을 고르고 계셨을 것이다. 해외 스테이션에 머물다 열 시간이 넘는 밤샘 비행을 마치고 공항에 착륙하면 항상 배가 고팠다. 비행기에서 크루 밀을 잘 챙겨 먹어도 착륙하여 회사로 돌아와 유니폼을 갈아입을 즈음이면 참기 힘든 허기가 몰려왔다. 아마도 낯선 팀원들과 타국 호텔에서 며칠을 지낸 데다 비행기에서 힘껏 에너지를 써버리고 난 후에 밀려든 탈진이었을 것이다. 그럴 때 내겐, 어머니와 따뜻한 음식이 기다린다는 것이 언제나 큰 위안이 되었다.

집에 도착하여 현관에 들어서면 밝은 얼굴로 가방을 들어주는 어머니 뒤로 매콤한 닭볶음탕 냄새가 퍼져있었다. 이른 아침이건 깊은 밤이건 약속한 것처럼 어머니는 닭볶음탕 냄새를 팡파르처럼 터트리며 돌아온 딸을 반겨주었다. 그 시절 닭볶음탕은 반복하여 먹어도 질리는 법 없이 마음까지 배부르게 채워주었다. 식탁에 함께 앉은 어머니가 뜨거운 닭고기를 건져 맛나게 뼈를 발라 먹는 나를 흐뭇하게 바라보는 것으로 그 비행은 해피엔딩이되었다. 세상에서 힘껏 애쓰다 돌아오면 따뜻한 보살핌이 기다리던 좋은 시절이었다. 부모님 그늘에 살던 그 시절이 그립다.

이제 어머니는 여든이 훌쩍 넘어 기력이 약해졌지만, 내가 한국에 들어갈 때마다 열무김치를 담고 머위 들깨탕을 준비하신다. 여름에 찾아가니 메뉴가 바뀌었다. 나도 엄마가 되어 자식을 키워보니 가족을 위해 정성으로 차린 밥상은 음식 그 이상임을 알게 되었다. 한 끼 밥상이 말보다 더 큰 힘이 될 때가 많다. 어머니는 그것으로 가족을 안받침하고 따뜻하게 이야기를 건네며 어루만질 수 있다.

엄마가 구워 준 삼겹살을 배불리 먹은 아들은 편안해진 얼굴이 되었다. 숙제한다고 돌아서는 뒷모습을 보며 안도의 숨을 쉬었다. 내일은 닭볶음탕을 해 주어야겠다. 고춧가루 양념이 빨갛게 끓어오르고 달큰한 매운 내가 온 집안에 진동하면 그리운 우리 어머니와 옛집이 떠오를 것이다. 두 아들의 소울 푸드는 고추장 두부조림이 될까. 어머니만큼만 나도 해냈으면 좋겠다.

***

바람을 들이다

일이 많아 지쳐 있었다.

좋아하던 운동도 친구 모임도 망설여졌다. 하지만, 모두 빠짐 없이 하고 있었다. 한갓지게 살고 싶은데, 마음대로 되지 않았 다. 거절을 못 하는 성격 때문에 내 몸이 고생 중이었다. 캠핑 약 속을 몇 달 전에 잡았는데, 하루 전날 밤늦게까지도 할 일이 있 어 자정이 넘어서야 주섬주섬 캠핑 도구를 준비하게 되었다. 차 뒷자리 좌석을 접고 바닥 모양에 맞춰 제작한 널빤지를 깔아 차 박을 준비했다. 침낭과 전기담요를 싣고 무거운 배터리도 간신 히 들어 차에 실었다. 생수 몇 병을 냉동 칸에 넣어 얼리고 가져 갈 식재료도 챙겼다. 하룻밤 자는 데도 필요한 물건이 제법 많았다. 차에 푹신한 매트를 깔고 담요와 베개까지 싣고 보니 얼추 두 시가 되어갔다. 그런데 나는 콧노래를 흥얼거리고 있었다. 그 때 알았다. 그것이야말로 내가 원하던 일이었던 게다.

지방 도로를 벗어나자 곧 울창한 숲이 시작되었다. 키 큰 소나무 무리가 하늘을 가리고 서 있었다. 삼나무, 떡갈나무, 단풍나무들이 어우러진 숲속엔 낙엽이 수북이 쌓여있었다. 떨어진 단풍잎을 주워 애살포오시 만져보았다. 고요한 숲속에서 너는 행복했구나. 자랄 수 있는 만큼 마음껏 가지를 뻗은 나무를 보는 것이 즐거웠다. 뿌리가 집터까지 침범하고 가지가 지붕을 덮는다고 튼실한 가지를 몇 해마다 잘라대는 주택가의 그만그만한 나무와는 확연히 달랐다. 숲에 들어갈 때 마음이 가벼워지는 것은 그 땅의 나무가 자유롭기 때문이리라.

밤에 비가 온다는 예보를 들은 터라 친구들과 나는 서둘러 친구의 텐트를 치고 쌀을 씻어 밥을 안쳤다. 피크닉 테이블과 텐트 주변에 여러 개의 전등을 걸었다. 구름이 잔뜩 끼어 햇빛이 닿지 않는 데다 해가 지기 시작하면 금방 어두워질 터였다. 가랑비가 내리기 시작하여 판초를 꺼내입고 머리까지 후드를 덮어썼다. 몇 번의 캠핑을 함께 해 익숙해진 우리는 신속히 저녁 식사를 준비했다. 우중 캠핑이라 고생할지 모른다고 생각했고 폭우라도 쏟아지면 접시를 들고 차로 뛰어가자고도 했지만, 나는 낙엽이 향기로운 숲속, 비 내리는 밤에 일어날 모든 일을 내심 기대하였다. 예상대로 날은 빠르게 어두워졌지만, 이슬비는 점차 잦아들었다.

장작에 드디어 불이 붙었다. 습기를 머금은 나무가 연기만 자욱하게 내놓으며 버티더니 끈기 있게 들이미는 차콜의 불꽃을 허리에 휘감기 시작했다. 바람에 자꾸 뒤집히는 쿠킹포일을 집게로 누르고 쇠고기 몇 덩이를 그릴 위에 올렸다. 가까운 곳에 다른 캠퍼들이 있었지만, 사위는 고요했다. 고기가 표면부터 자글거리며 익어갔다. 질 좋은 스피커로 듣는 것처럼 기름 튀는 소리가 섬세하고 분명히 들렸다. 밤이 깊을수록 별빛만 또렷해지는 것은 아닌 모양이었다.

고기 익는 고소한 냄새가 축제의 시작을 알렸다. 캠핑 음식에는 마법이라도 걸리는지 피크닉 테이블 위에 차린 음식은 모두 맛깔스럽다. 방금 구워낸 고기는 그렇다 쳐도 상추와 오이조차 더 향기롭게 제 식감을 뽐낸다. 김치를 싸갈 때 맛이 없어 걱정했는데, 모두 맛있다고 해서 먹어보니 잘 발효된 감칠맛으로 변해 있었다. 간단하게 차린 식탁으로도 기억에 남을만한 고량진미膏粱珍味를 맛보는 것은 캠퍼들이 누리는 즐거움 중 하나일 것이다.

저녁을 먹은 후엔 화톳불에 둘러앉았다. 포일로 감싼 고구마를 불 속에 던져넣었다. 친구들의 얼굴에 자황색 불빛이 어른거렸다. 화려한 불꽃의 리드미컬한 움직임과 장작 타는 소리에 마음을 빼앗기는데 문득 밤에 우는 새소리가 들렸다. 습기를 머금은 남실바람 한 줌이 나의 뺨을 쓸고 지나갔다.

나는 무엇인가. 어디로 가고 있는가. 사방은 고요하고 밤이 깊어져 갔지만, 오감은 예민하게 열리고 있었다. 숲속에서 해방감을 느끼고 불꽃을 바라보며 사색하게 되는 이유는 무엇일까. 내 안 깊숙이 자리한 원시 조상의 DNA는 원시시대부터 농경시대까지 머물던 자연을 아직도 몹시 그리워하고 있는 것이 아닐는지.

예보대로 밤에는 비가 쏟아졌다. 요란하게 차 루프를 두드리며 내리는 빗소리를 잠결에 들었던 것 같지만, 정작 잠을 깨운 것은 차 안에 가득 찬 습기였다. 어느새 날이 밝았고 차창엔 온통 김이 서려 창 너머 초록 숲이 수채화 물감처럼 유리창에 달라붙어 있었다. 비 개인 아침에 호수를 따라 산책을 나섰다. 욕심껏 크게 숨을 들이켜며 산소를 마셔 두었다. 일상으로 돌아갈 채비를 해야 했다.

집에 기면 실바람조차 들어오지 않는 집에서 잠을 자겠지. 깨끗한 욕실에서 수도꼭지만 돌리면 나오는 뜨거운 물로 씻고 자동차에 올라 일터에 갈 것이다. 일을 마친 후 몇 걸음 걸으면 기다리는 자동차에 다시 오르고 집으로 돌아와 스마트 기기를 들여다보며 잠을 청할 것이다. 그리고 호숫가의 오늘을 그리워하며 다시 숲으로 돌아가는 꿈을 꿀 것이다.

불편함을 감수하고 자연 속으로 뛰어 들어가 내 안에 산소를 주입하는 것. 자연의 생생한 바람이 마음에 불게 하여 원초적 오감을 깨우고 원시 상태의 조상과 조우하는 것. 그리고 그 길 끝에 서 있는 나를 만나는 것.

나에겐 그것이 캠핑이다.

***

백련사 가는 길

친구가 전화를 끊지 않았다.

절친했던 사람이 갑자기 차갑게 대하는데 이유를 모르겠다고 했다. 많이 의지했던 친구였다며 가슴 아파했다. 좋은 성품을 가진 사람들 사이에 왜 그런 일이 생겼는지 짐작할 수 없었다. 하소연을 들어주는 것 말고 해줄 수 있는 게 없었다. 오랜 시간 정을 나누었던 사람과 하루아침에 등을 돌리게 된 경험이 내게도 있다. 나는 부족한 사람이라서라지만, 심성 고운 내 친구가 비슷한 일을 겪는 걸 보니 우정을 오래 나누는 건 쉽지 않은가 보다.

친구를 생각하다 지난봄 다산초당에 다녀온 기억이 났다. 전남 만덕산에 자리 잡은 다산초당은 다산 정약용 선생1762~1836의 유배지이다. 다산은 산기슭 단아한 바위 사이에 지은 작은 초가집에서 18년 유배 생활 중 후기 10년을 지내며 목민심서, 경세유표를 비롯한 500여 권의 책을 저술했다. 다산이 차를 끓이던 바위와 그가 만든 연못에는 부지런한 천재 실학자의 자취가 머물러 있었다.

초당 뒤편에는 근처 백련사로 가는 길이 나 있었는데, 그 입구에 다산과 백련사 주지 혜장 선사1772~1811의 특별한 인연을 소개하는 안내 표지판이 있었다. 다산과 혜장은 가까운 벗이었다. 뛰어난 학승인 혜장이 다산에게 배움을 청했을 때 다산은 그의 학식에 감동했다고 한다. 벗 삼을 만한 사람을 찾기 어려웠을 땅끝 바닷가 마을에서 서로 얼마나 반가운 말동무가 되었을까. 깊은 밤에 혜장이 기약도 없이 찾아오곤 해서 비 오는 날에도 밤늦도록 문을 열어두었다는 이야기가 유난히 마음에 남았다. 초가지붕 처마의 낙숫물 소리 들리는 외로운 밤에 불쑥 들어서는 반가운 얼굴에 반색하며 일어나 솔방울을 태워 찻물을 끓였을 다산의 모습이 그려져 애잔했다.

다산을 총애하던 정조가 세상을 떠난 후 천주교 탄압이 시작되었고, 그는 1801년, 40세의 나이에 전남 강진으로 유배되었다. 가족 여러 명이 천주교에 깊이 연루되어 있어 피할 수 없는 길이었다. 그 과정에서 믿었던 많은 사람에게 배신을 당했다. 함께 유배지에 올라 흑산도로 간 둘째 형 정약전과는 그 길로 평생 이 별하게 되었고, 셋째 형 정약종은 순교했다.

귀양살이 초기 유배지에서는 다산을 괴롭히는 백성들 때문에 외딴 주막집 방 한 칸에서 숨어 지냈다. 다산은 그의 시에서 "비 오는 날이면 가족이 사무치게 그립다. 썩은 초가에서 떨어진 노 래기가 방바닥에 기어다니고, 병치레로 잠들기 힘들다"라며 그 외로움과 궁핍한 환경을 묘사하기도 했다.

1805년, 다산을 그토록 만나고 싶어 하던 혜장의 바람이 이루 어지고 이후 두 사람은 스승과 제자이자 둘도 없는 친구가 되었 다. 주막 작은 방에서 고달팠던 다산을 위해 혜장은 고성사 보은 산방으로 거처를 옮겨주었고 정성스레 차를 만들어 섬겼다고 한다. 이 무렵 주고받은 편지를 모아 엮은 『견월첩見月帖』에는 서 로를 위하는 마음이 잘 드러나 있다. 다산은 3년 후 외가 친척의 산정山亭인 다산초당에 기거하게 되었다. 그곳이 백련사와 가까 워 선택했다고 전해진다.

다산초당에서 백련사로 가는 산길을 걸어보았다. 밤사이 내린 비로 동백꽃이 떨어진 4월 초 만덕산은 꿈틀거리며 소생하는 생 명으로 가득 차 있었다. 편백과 삼나무는 줄기를 뽑아 올려 봄기 운을 마시고 있었고, 야생 차나무와 이름 모를 나무들의 연두색 잎사귀가 구름같이 퍼져 가고 있었다. 그토록 아름다운 산길을 걸어 친구를 만나러 다녔을 두 사람이 부러웠다. 완만히 오르내리는 길을 30분쯤 걸으니, 산등성이 너머로 백련사가 보였다.

다산은 산을 내려가 친구를 만난 기쁨을 시로 남겨 두었다. 짚신을 신고 어렵게 산길을 헤치며 갔지만, 혜장을 찾아가는 것에 "희망이 넘쳐 마음이 상쾌하였다"라고 했다. "…흰 베옷 적삼을 나부끼면서 내려와 반갑게 맞이하였네. 손들어 애썼다고 사례하고는 풀밭 앉아 정담을 나누었다네…. 다행히 촌 농막에 손님이 없어 내달리는 시내처럼 얘길 나눴지. 나는 『시경』, 『서경』, 『역경』을 말하고 그대는 『화엄』, 『능엄』, 『원각경』 얘기. 보슬비 허공에서 떨어지는데 주고받은 말은 모두 그윽도 해라. 사방에선 쥐 죽은 듯 꼼짝도 않고 천분에 감동하여 눈물 흘렸네."

그들은 사회적 사상적 장벽을 넘어 이해와 존경으로 서로를 대한 것 같다. 그 성숙한 사람들의 깊은 우정이 200년 세월을 순식간에 거슬러 내 가슴에 뜨겁게 와닿았다. 백련사 숲속에 속절없이 떨어져 땅에서 붉은 꽃밭을 이루던 동백꽃처럼 두 사람의 인연도 오랫동안 마음속에 선연히 남게 되었다.

몇 번의 검색으로 온갖 정보를 알 수 있고 외국에 사는 사람과도 얼굴을 보며 소통할 수 있는 세상이 되었지만, 어쩐지 우리는 200년 전 그들보다 더 외로운 것 같다. 볼거리가 넘쳐나 친구 그리울 새가 없고 사람 만나는 시간보다 디바이스 화면을 보는 시간이 많아진 우리는 정말 전보다 더 잘살게 된 것일까. 생각해 보니 우정이란 단어를 들어본 지도 오래되었다.

극심한 고생을 하며 관계에 대해 깊이 성찰했을 다산은 『남하창수집南荷唱酬集』에서 "오직 덕행으로 사귄 벗만이 처음에는 서로 마음에 감동하여 사모하고, 오래되면 화합하여 감화되며, 마침내 금석처럼 친밀해져 떨어질 수 없게 된다"라고 했다. 우정은 덕이 있는 행실로 시작되어 서로 존중하며 깊어지는 것임을 가르쳐 준다. 요즘 세상의 가치대로 상호 이익이나 감정적인 의존을 추구하는 것과는 다른 수준이 아닌가. 어쩌면 애초에 참다운 우정은 성숙한 사람들만 누릴 수 있는 것인지도 모르겠다.

사회심리학자나 정신과 전문의들이 앞장서서 손절을 외치는 시대가 되었다. 나를 착취하고 조종하는 사람이라면 친구는 물론 가족이라도 절연하라는 조언이 인기를 끌고 있다. 하지만 나는 인내심을 가지고 친구와 산도 넘고 물도 건너보고 싶다. 다산과 혜장처럼 서로 존경하고 감탄하며 오래오래 보고 싶다. 내 친구도 나를 참아줘야 할 것 같다. 한 사람에게 너무 많은 것을 바라선 안 되겠다. 이 친구를 만나면 의욕이 나서 좋고, 저 친구에게 유머를 배우고 또 다른 친구에게는 조언을 들을 수 있다. 나도 그들에게 무언가 나눠줄 수 있다면 기쁠 것이다. 그러나 끝

내 서로 맞지 않는다면 인연이 다했다고 여기며 잘 멀어지는 것
도 자연스러운 일일 것이다. 시절이 다하여 이우는 꽃잎처럼 말
이다. 내일은 속이 타는 내 친구를 찾아가리라. 우리도 내달리는
시내처럼 이야기를 나눌 것이다. 친구에게 다산과 혜장의 이야
기를 들려주고 싶다.

　백련사 가는 길, 친구에게 가는 길은 지금의 나에겐 먼 길이지
만, 덕 있는 사람이 되어갈 날들은 다행히 아직 남아있는 것 같다.

***

필모그래피

점심을 먹고 나니 얼마 안 되어 졸음이 쏟아졌다.

혈당이 좀 높다더니 이것이 바로 혈당 스파이크인가. 눈을 부릅떠보고 일어나 스쾃도 몇 개 해보지만, 생각은 증발하듯 날아가기 시작했고 주변 소음들이 점점 먹먹해졌다. 그러다 엎드려 눈을 붙였나 보다. 가까이에서 기척을 느껴 흠칫 눈을 떠보니 손님이 내 앞에 서 있었다. 요샌 이런 민망한 상황이 종종 생긴다. 아무렇지 않은 척, 한 톤 높은 목소리로 인사하며 벌떡 일어났다.

손님이 원하는 대로 이것저것 권해보았다. 몇 가지 물건을 골랐는데 그분은 자기 사이즈보다 두 치수나 큰 것을 원했다. 그렇게 입으면 맵시가 안 날 텐데 요지부동이었다. 경험상 그럴 때 내 생각을 주장하면 일이 어렵게 되었다. 누구나 선호하는 것이 있으니까. 손님이 취향대로 고른 물건을 계산하고 가게를 떠날 때까지 기분 좋게 일을 마무리했다. 그럴 때 나는 노련한 판매원이다.

이제 막 이십 대로 접어든 듯 보이는 미얀마 아가씨는 팁으로 받은 일 달러짜리 지폐를 잔뜩 가져왔다. 스포츠 브라를 다섯 장 고르고 다섯 묶음을 내놓았다. 돈은 일일이 세어볼 필요가 없어 보였다. 조지 워싱턴이 보이게 모으고 마지막 지폐를 접어 십 달러씩 구분해 왔기 때문이다. 물건을 건네주니 레스토랑에서 일할 때 입을 거예요 하며 순박하게 웃었다. 풋풋한 그 아가씨는 십 달러 묶음이 늘어날 때마다 복숭앗빛 미소를 지으리라. 부지런히 일하는 만큼 착한 배우자 만나서 노후 걱정 없는 삶을 살길 마음속으로 축복했다.

멕시코 남자와 결혼한 한국 손님은 사십 년 동안 가구점을 하며 열심히 일했다. 남편은 멕시코에서 가구를 만들어 보냈고 그분은 직원들과 그것을 팔았다. 의리 있는 멕시코인들과 가족이 되어서 좋았다고 했다. 최근엔 매상이 많이 줄어 장사를 접으셨다고. 그런데 알고 보니 그 건물의 주인이었다. 가게는 그냥 넘겼지만, 이제부터 풍족한 월세를 받게 되었다고 했다. 쉬지 않고 얘기하더니 시작했을 때처럼 갑자기 말을 끝냈고, "이제 장사하

세요"하며 나갔다. 오늘 이야기 분량이 찼나 보다. 국제결혼을
한 손님들은 종종 한바탕 이야기보따리를 풀어놓곤 한다. 그동
안 일을 너무 많이 했다지만, 환하고 예쁜 얼굴 어디에도 고생한
흔적은 보이지 않았다. 열심히 일하여 성공적인 은퇴를 한 사람
의 얼굴은 지루한 장마 끝에 갠 하늘같이 말갛다.

  많은 사람이 오가는 가게에 있다 보니 다양한 스토리를 알게
된다. 넋이 빠져 듣게 될 만큼 흥미진진한 사연도 있다. 어떤 것
은 단편 영화 한 편이 그려진다. 생각해 보면 인생이 드라마이고
영화다. 당장 내 인생만 가지고도 꽤 흥미로운 몇 편의 영화를
만들 수 있을 것 같으니 말이다. 우리의 인생도 그렇게 주제별
로 묶어서 제목을 붙인다면 다양한 필모그래피가 쌓일 것이다.
역할도 가지가지다. 아기에서 청년이 되었다가 중년을 지나 노
인이 되니 우리는 모두 그 역할 중 어느 지점에 있다. 동시에 여
러 역을 감당하기도 한다. 나만 해도 이민자이며 사장이고 부모
이며 자식이기도 하다. 당연히 우리의 인생은 영화보다 길어서
시간이 흐를수록 장르가 바뀌어 간다. 하지만, 어떤 이의 인생은
영화처럼 짧고 극적으로 끝나기도 한다. 극적인 인생은 보통 진
한 여운을 남긴다.
  극적이면서도 매력적인 영화를 떠올리니 몇 년 전 보았던《헤어
질 결심》이 생각났다. 서래탕웨이 분와 해준박해일 분이 피의자와 형

사로 만나 사랑에 빠지지만, 안타까운 이별로 끝나고 만다.

지난한 삶 어느 자락에서 서래는 피의자 신분으로 형사 해준을 만난다. 가혹한 삶을 살며 서래는 번번이 살인을 저지르지만, 그녀의 인생은 지켜볼수록 가엾다. 해준은 그런 그녀에게 매료되어 버린다. 청록색 배경 속에서 서래가 입고 다녔던 진홍색 치마와 해준의 깨끗한 눈동자가 시선을 사로잡았다. 서래를 삼켜버린 바다가 무섭게 출렁이고, 바닷바람 속에서 처절하게 그녀를 찾아 헤매는 해준의 모습 위로 정훈희, 송창식의 노래 〈안개〉가 나지막이 깔리는 엔딩도 인상적이었다. 자부심을 가진 형사로서 범인을 사랑하게 된 해준의 갈등이 미술 감독의 탁월한 색상 선택과 박찬욱 감독 특유의 기묘한 연출에 잘 녹아든 아름다운 영화였다.

극적인 경험을 하다 몇 번을 죽더라도 감독의 "컷!" 사인이 떨어진 후 이전의 삶으로 돌아갈 수 있다면 나도 영화 속 서래처럼 받은 대로 돌려주며 생명을 걸고 열렬히 살아보고 싶다. 하지만, 주어진 생명은 하나뿐이고 시간은 되돌아가지 않는다. 그래서 내 인생은 영화만큼 멋지지 않나 보다. 살아보니 매 순간 좋은 선택만 하는 것도 불가능했다. 그러다 낭패를 보게 되면 주저앉아 잘못된 것을 찾아내고 누덕누덕 시나리오를 고치고는 일어나 다시 앞으로 걸어가는 것이다.

우리는 영화에서처럼 모든 것을 해볼 수는 없다. 사기, 도둑질, 폭력, 살인 등은 다른 이에게 치명적인 손해를 입힌다. 살인, 간음, 도적질, 거짓 증언, 이웃의 것을 탐내는 것은 기독교에서 십계명으로 금하고 있다. 불교는 오계를 지키도록 가르친다. 불살생不殺生, 불투도不偸盜, 불사음不邪淫, 불망어不妄語, 불음주不飮酒가 그것이다. 술과 마약을 금하는 불음주 계율 말고는 살생, 도둑질, 간통, 거짓말을 하지 말라는 점이 기독교와 흡사하다. 자료에 따라 차이가 있긴 하지만, 십계명은 3,500여 년 전, 오계는 2,600여 년 전에 만들어진 것이다. 당시 사회적 금기가 현대 사회에 이르기까지 크게 변하지 않은 것을 보면 어울려 함께 살기 위한 규칙은 단순한 만큼 단호하고 분명해 보인다.

신분제도가 있던 과거에 비해 기본 규칙을 지키면 원하는 대로 살 수 있는 좋은 세상이 되었다 해도 사는 것은 드라마틱하며 때론 혹독하다. 한 치 앞도 알 수 없어 더 그런 것 같다. 그러니 성공했다고 자만할 일이 아니고, 참혹한 시련을 겪었다고 절망에만 머물 일도 아니다. 필름은 계속 돌아가고 내 영화는 진행 중이기 때문이다.

오늘은 오늘의 영화를 찍는 것처럼 살고 싶다. 그러다 어느 날 내 마지막 날숨이 새어나가면 영화는 마침내 끝이 날것이다. 그러면 주변의 사람들이 평점을 매기겠지. 내 사랑하는 사람들에게만큼은 그는 자기 역할을 즐겼다고, 그것을 보는 게 아주 흥미로웠다고 호평을 받았으면 좋겠다. 내 영화에선 언제나 내가 주인공이다. 오늘은 무슨 장르를 찍게 될까.

* * *
이지원

삶 속에서 느끼는 크고 작은 순간들을 글로 옮기는 일이 결코 쉬운 작업
은 아니지만, 동시대를 살아가는 독자들과 소통하고자 용기를 내어 수필
에 담아 보았습니다. 만남과 선택이 운명을 만들기도 하고, 평화를 깨는
장애물이 지나고 나면 성장의 밑거름이 되기도 하기에 세상은 살 만하다
는 것을 깨닫게 됩니다. 글 쓰는 일이 제 삶의 일부가 되기를 소망합니다.

***

새로운 도전

어느 날, 남편이 신문광고를 들고 내 서재로 들어왔다. 남편이 내민 광고의 설명을 들으며 일단은 알겠다고 대답하고 서류함에 집어넣었다. 한 달여의 시간이 남아있었기 때문이다. 사실 작년에도 지인으로부터 제안을 받았는데, 마음의 준비가 되지 않아서 나중에 생각해 보겠다 하곤 지나갔다. 당시 결심한 바가 있어서 글 쓰는 일에만 최선을 다하고 싶었던 때라 다른 데 신경 쓸 여력이 없었다.

언제부턴가 최선을 다해 살아야 한다는 강박에서 벗어나 편하게 살고 싶었다. 그러다 보니 평범한 일상에서 삶의 재미를 느끼게 되었고 남편과 취미생활을 하며 마음의 빗장을 열기 시작했다. 사람들을 집에 초대하여 교제하고 여행하며 자유롭게 살다 보니 차츰 흐트러져 가는 자신이 보였다. 체중도 늘어서 옷장의 옷을 걸치면 남의 옷을 입은 것 같았다. 독서와 글쓰기도 대충 하다 보니 흥미를 잃어 슬럼프에 빠졌다. 간신히 주중 성경 공부 인도자로서의 일과 개인적으로 책임을 맡은 일만 수걱수걱 하게 되었다.

고심 끝에 남편이 권유했던 실버 모델 오디션을 보기로 했다. 그 제안은 잠자고 있던 내게 신선한 바람을 불러일으키며 새로운 소망을 품게 하였다. 오디션 날짜가 다가오자, 긴장돼서 음식 조절을 하고 열심히 운동하여 체중 감량에도 성공했다. 무대 체질인지 몸이 빠르게 반응했다. 나름대로 마음의 준비를 하고 오디션에 참여했다. 심장이 쿵쿵 방망이질했다.

2016년《세상에서 가장 아름다운 이별》이라는 연극에서 주인공 인희 역할을 맡아 열연했었다. 그때도 그렇게 떨렸었는지 당최 기억나지 않았다. 심사위원 중 한 사람이 모델 경력이 있냐고 물었다. 그렇다고 말했다.

모델 수업을 받던 시절이 있었다. 대학생 때 학교 게시판에서 우연히 학생을 대상으로 모델과 연기자 지망생을 찾는다는 광고를 보게 되었다. 할리우드에 자리한 'Theatrical Production

Company'에서 연기와 모델 수업을 한다기에 호기심이 발동해 오디션을 보러 갔었다. 그쪽에 관심이 있었고, 미국 사람들의 연기법도 배우고 싶었다. 용기를 내어 찾아갔는데 동양인은 나밖에 없었다. 다행히 합격했고 장학금까지 받아 적은 수강료를 내고 수업을 들을 수 있었다. 매주 토요일마다 네 시간씩 모델 수업과 연기 수업을 받았다. 학생들을 대상으로 하였기에 시간 관리와 교양강좌 강의도 들었다.

스튜디오에 도착하면 강의 후 음악을 틀어 놓고 걷는 연습을 시키며 자세 교정부터 하기 시작했다. 수업이 너무 재미있었다. 패션쇼에서 걷기, 백화점 모델, TV 광고 모델, 로봇처럼 움직이는 모델, 티룸Tea Room 모델 하는 법 등 다양한 형태의 수업을 들었다. 연기도 즉흥연기, 대사를 보고 하는 연기, 발음 정확하게 하는 데 도움이 되는 콜드 리딩Cold Reading 연습 등을 하였다. 인상에 남는 것은 백인들의 자연스러운 연기였다. 그 당시 나는 영어 발음이 좋지 않았고 미국 문화도 잘 몰랐기 때문에 그들의 자연스러운 연기를 동경했다. 그곳엔 연기와 모델 수업을 받으며 에이전시 오디션에 나가는 사람들이 많았다. 나는 배우는 게 목적이어서 포트폴리오 사진만 찍어 놓은 상태였는데, 학원을 운영하던 Mr. Diamond가 피부암에 걸려서 문을 닫고 말았다. 좀더 열심히 할 걸 하는 후회가 남았다.

그 후 친구 부부의 소개로 남편을 만나 결혼하게 되었다. 결혼

초에 남편에게 모델들이 걷는 모습을 보여주었다. 그때는 젊고 장난기가 많았다. 끼를 발휘하여 높은 구두를 신고 워킹과 턴을 하며 익살스러운 표정을 지으면 남편은 환한 미소를 지으며 즐거워했다. 평소 수줍음이 많은 내게서 상상하지 못했던 모습을 볼 때마다 혼자 보기 아깝다고 말하곤 했다. 아마도 그래서 내게 시니어 모델 제안을 했을 것이다.

오디션에서 옛 기억을 떠올리며 걷는데, 나이가 들어서인지 어색했다. 일자로 걷는 것도 균형을 잘 잡아야 하는데 몸이 예전 같지 않았다. 오디션을 보러 온 분 중에는 멋지고 날씬한 사람들이 있었다. 나이에 비해 건강하고 아름다워서 관리를 잘했다는 생각이 드는 반면 나 자신을 반성하기도 했다. 기대하지 않았다가 합격 통지서를 받으니 너무 기뻐서 마음이 하늘로 날아갈 것 같았다. 새로운 세계에 대한 희망과 기대가 컸던 모양이다.

오리엔테이션에 초대받아 가보니 이미 시니어 모델로 활동하는 분들도 꽤 있었고, 새로 뽑힌 분도 많았다. 세련되고 멋있는 시니어들이 모인 자리에 간 건 처음이었다. 실버 모델에 대한 전체적인 소개와 개인 소개가 끝난 후 식사와 친교 시간이 있었다. 나 혼자 갔으면 서먹서먹했을 텐데 친화력 좋은 남편이 있어서 안심되었다.

최고의 친구인 남편은 연습하러 갈 때 운전을 해주겠다며 적

극적으로 응원해 주었다. 평소에도 미장원이며 마트 갈 때 운전을 도와주는 편이라 함께 다니는 일이 자연스러웠다. 남편은 미팅할 때를 제외하고는 어디서든 컴퓨터로 일할 수 있어 다행인데다 Santa Monica에 사는 아들과도 시간을 더 가질 수 있어서 좋았다. 연습 장소에서 나를 기다리다 모델로 발탁된 남편은 주위 분들의 권유로 나와 함께 10월에 있었던 한인의 날 50주년 축제에 한복 부부 모델로 설 기회를 얻게 되었다. 수려한 외모와는 달리 끼가 없는 남편에게는 생소한 경험이었다. 여러 번 연습한 덕분에 별 실수 없이 우리는 박자를 잘 맞추며 무대에서 걸을 수 있었다. 그런 행사에 우리 부부가 모델로 서다니! 상상도 못 했던 일이었다. 새로운 도전이 활력소가 되었다. 하고 싶은 일을 만났을 때 과감하게 추진해 보는 것도 좋은 경험이 되고 추억거리로 남는 것 같다. 다방면으로 남편과 한길을 걷게 되어 행복하다.

나도 모델이다.

***
김치볶음밥

김치볶음밥은 우리 가족이 즐기는 좋은 추억이 담긴 한국 음식이다. 딸은 어렸을 때부터 여러 종류의 음식을 가리지 않고 잘 먹어 주었다. 사랑의 언어가 음식이었던 딸은 약간 기분이 언짢았다가도 내가 정성을 다해 맛있는 음식을 만들어 주면 금세 기분이 풀려서 먹고 일어나면서 "사랑해요, 엄마!"라고 인사하며 포옹해 주곤 하였다.

딸이 가장 선호하는 음식은 김치볶음밥과 미역국이다. 김치볶음밥은 맛있게 양념한 불고기를 볶다가 잘게 썬 양파와 잘 익은 김치를 마가린이나 버터와 함께 볶는다. 그 후에 밥을 넣고 간장을 넣어 볶으면 향기로운 냄새가 진동한다. 그 위에 계란 프라이를 반숙해서 얹으면 완성이다. 간단한 음식이지만 거기에 된장국이나 미역국을 함께하면 행복한 밥상이 된다.

아이들이 어렸을 때부터 한식, 일식, 이태리식, 미국식 등 여러 나라 음식을 만들어 주었다. 우리 아이들은 유난히 한국 음식을 좋아한다. 그중에도 국과 함께한 김치볶음밥은 장성하여 결혼한 지금까지도 제일 좋아하는 음식이다. 이제는 만드는 법을 배워서 주위에 아프거나 임신한 자매들에게 김치볶음밥을 만들어 배달도 한다. 물론 메뉴는 다양하다.

우리 부부는 사람과의 교제에 있어서 중요한 게 많지만, 음식을 중요하게 생각한다. 서먹했던 관계도 함께 맛있는 음식을 나누다 보면 공감대가 생기고 행복감이 든다. 특히 집에 초대해서 정성이 깃든 음식을 해 주면 어느새 마음 문이 열리고 대화가 풍성해진다. 주중에 성경 공부하는 모임에서 그룹 인도자로 칠 년째 섬기고 있는데, 올해 맡은 그룹에 유난히 한국 음식을 좋아하는 자매들이 있다. 그중 필리핀계 미국인 자매는 한국 바비큐, 잡채, 순두부 등을 좋아하고 김치볶음밥 또한 너무 좋아한다며 입맛을 다시기도 하였다. 우리 집에 한 번 초대해서 한국 음식을 만들어 주겠다고 하였다. 그러다 지난달에는 성경 공부 후에 점심 식사하러 한국 바비큐 식당에 여덟 명이 함께 갔었다. 한국 음식을 처음 접해보는 자매들이 네 명이나 되었다. 나는 그들에게 한국 음식에 관해 설명해 주며 필리핀계 자매와 두 테이블에서 고기를 열심히 구웠다. 무제한 메뉴였기에 음식이 풍성했는데 얼마나 맛있게 잘 먹던지 아이들을 대하는 엄마의 마음이 되어 흐뭇했다. 이젠 한국 음식이 미국에서 대세를 이룬다는 생각에 얼마나 기뻤는지 모른다. 식사를 다 하고 각자의 몫을 계산하는데 전혀 아까워하지 않았다. 이곳에 살면서 백인 친구들을 보며 느낀 건 외식을 생각보다 많이 하지 않는다는 것이다. 적어도 내가 속한 성경 공부 그룹의 친구들은 검소하며 지출을 절제하지만, 힘든 사람을 돕는 데에는 후한 편이다.

주중 아침에 하는 성경 공부 그룹은 약 삼백오십 명의 자매가 참석해서 스물세 개의 소그룹으로 나뉜다. 나는 2010년에 참석자로 다니기 시작하다가 2017년부터 그룹 인도자로 추천받아 섬기기 시작했다. 각반에 약 열다섯 명의 자매를 맡게 되는데, 처음에는 거의 백인들로 구성된 성경 공부 그룹을 인도한다는 일이 두렵고 떨리기만 하였다. 다행히도 너그럽게 받아주는 자매들로 인해 용기를 얻고 최선을 다해 섬기고 있다. 한국적인 정서를 감안해서 커뮤니티 안에서의 끈끈한 관계를 형성하여 그룹 안에 있는 사람들이 친하게 지내도록 조성하기도 한다. 백인 자매들의 한국에 대한 관심도가 높아졌기에 국위선양의 좋은 기회로도 삼고 있다.

며칠 전에는 주중 성경 공부를 마치고 우리 집에서 김치볶음밥과 된장국을 해 주었는데, 반응은 상상을 초월했다. 불고기와 김치 그리고 버터 향의 배합이 그들의 미각을 자극했을까. 아침에 집을 나서기 전에 국과 밥은 해 놓았고 불고기, 김치, 양파는 썰어서 냉장고에 보관한 상태였다. 음식 준비를 돕고 싶다고 자처한 친한 자매에게 전기 프라이팬에 직접 만들어 볼 기회를 주었다. 얼마나 감격하며 좋아하던지 덩달아 기분이 좋아졌다. 먹어보고 싶었던 김치볶음밥을 직접 만들 기회가 주어져서인지 행복해하였고, 다른 자매들은 그녀가 만드는 과정을 사진에 담으며 즐거워하였다.

남편도 합세하여 연어 핸드롤과 연어 껍질 튀김 핸드롤Salmon Skin Handroll을 즉석에서 만들어 주었다. 아홉 명의 자매가 얼마나 맛있게 먹었는지 모른다. 섬기기 좋아하는 자상한 남편의 외조로 자매들의 즐거움은 배가 되었고, 대화의 꽃이 피었다. 생각지도 못했던 남편의 음식과 서비스는 그날의 보너스였다. 또한 롤케이크와 딸기와 블루베리에 초콜릿 시럽을 얹은 후식이 기다리고 있었다. 준비로 분주한 시간을 보냈으나 그들의 감동하는 표정을 보는 순간 모든 피로가 달아나는 것 같았다. 일부 돌아간 자매도 있었고 더 남아서 오래도록 대화를 나누던 자매들도 있었는데, 그들에겐 남은 음식을 선물로 싸주었다. 그들은 헤어짐을 아쉬워하면서 언제든지 달려올 준비가 되었으니 다음 주에도 또 불러달라며 함박웃음을 남기고 떠났다. 누군가가 떠난 자리는 늘 아쉬움으로 채워진다. 특히 여러 사정으로 함께 하지 못한 자매들이 있었기에 다음 달쯤에 한 번 더 초대해야 할 것 같다. 손님을 초대하고 대접하려면 집을 청소하고 정돈하고 음식을 장만하는 과정이 따르지만, 그런 시간이 참 좋다. 그 과정에서 삶의 활력을 느끼고 보람을 찾는다.

김치볶음밥이 사람들의 마음을 사로잡는 마력은 무엇일까? 한동안 김치 냄새를 거부하던 백인들이 요즘은 건강에 관심이 많아지고 발효된 음식에 대한 중요성을 알게 되어서인지 건강에 좋은 음식에도 관심이 많아졌다. 글로벌 시대를 맞아 한국 음식이 건강한 음식이라고 좋아하는데, 특히 김치볶음밥은 여러 가지 소스와 향이 더해져서 후각과 미각을 자극하는 것 같다. K-pop과 더불어 한국에 대한 위상이 높아졌다. 한국 문화, 노래, 드라마, 음식 등이 큰 인기를 얻으니 미국 땅에 살아가는 동포로서 자랑스럽다. 여러 민족이 어우러져서 살아가는 시대를 맞아 김치볶음밥처럼 조금은 자극적이면서도 고소한 향으로 미각을 사로잡고 어울렁더울렁 어우러져 대화의 창을 열게 하는 새로운 메뉴를 더 소개해야겠다고 궁구해본다. 나는 오늘도 행복한 고민에 빠진다.

***

새들의 초대

월요일 아침마다 친구와 집 근처 공원에 산책하러 가는데, 그 곳에 들어서는 순간부터 새들의 노랫소리가 우리를 반겨준다. 마치 환영하며 안부를 묻는 것 같아 기분이 상쾌해진다. 자유롭게 하늘을 나는 새들의 날갯짓에 도취하기도 하고, 아름다운 소리로 지저귀는 대화에 귀를 기울이기도 해본다. 궁금증이 많은 나는 그들의 대화를 알고 싶어 새들에 관해 연구하고 싶은 충동이 일곤 한다. 서로 다른 음정과 소리로 나무와 꽃을 방문하며 어떤 소식을 주고받는 걸까. 어떤 나무의 꽃에 꿀이 유난히 달고 맛있다는 정보를 공유하려나. 때론 나무에 숨어서 한 곡조 뽑는 새를 쫓아가 보기도 하는데, 얼마나 숨바꼭질을 잘하는지 도무지 찾을 수 없을 때도 있다.

새들이 날아다니는 것은 보이는데, 아름다운 목소리의 주인공을 가려내기 힘들다. 그중에서 Northern Mockingbird흉내지빠귀는 다른 새들의 소리 흉내 내기를 잘하고 아름다운 멜로디를 들려준다. House Finch의 소리도 아름다운 것 같다. 우리 동네 공원에 서식하는 새의 종류가 참 많다. 하우스 핀치, 참새, 부엉이, 카신 왕꾸러기Cassin's Kingbird, 얼룩 검은 멧새Spotted Towhee 등이다.

바닷가 도시 안에 숨어있는 공원에는 나무들과 꽃들이 무성하다. 공원 가운데에는 호수가 있어서 청둥오리와 거위가 자유자재로 호수와 풀밭을 드나든다. 올빼미 가족도 사는데 운이 좋으면 나뭇가지에 숨어있는 걸 볼 수 있다. 며칠 전에는 올빼미 새끼 두 마리가 엄마 올빼미와 가까이 나뭇가지 위에 앉아 있는 것을 보았다. 보송보송한 털이 어찌나 귀엽던지 그냥 지나칠 수 없어 핸드폰 사진기에 담았다. 다른 사람들도 올빼미가 발견되면 발길을 멈추고 한 동작 한 동작을 바라보면서 카메라를 들이대고 그들의 모습을 담느라 여념이 없다. 요즘은 들고 다니는 핸드폰의 카메라 기능이 좋아서 언제든지 마음에 닿는 것들을 찍을 수 있으니 얼마나 편리한지 모르겠다.

초목이 무성하고 화려한 꽃들이 만발한 공원에서 맑은 공기

를 마시면서 친구와 대화를 나누다 보면 한 시간이 빠르게 지나
간다. 요즘은 벚꽃이 한창이라 봄이 온 것을 실감한다. 때론 벚
꽃 위에 허밍버드 여러 마리가 날아와서 꽃에 있는 꿀nectar을 긴
부리로 빨아먹으며 춤을 추듯 날아다니는 걸 보게 된다. 그때야
말로 그들에겐 축제의 시간이다. 내가 허밍버드를 유난히 좋아
하는 이유는 몸집이 작고 색상이 화려해서이다. 작은 날개를 진
동하면서 군무를 추듯 재바르게 이리저리로 날아다니며 꽃이나
나무의 꿀을 빨아 먹는 모습을 보면 동화 속의 새를 연상하게 된
다. 그들의 날개는 초당 최대 팔십 회까지 진동할 수 있고 다른
새들과는 달리 후진 비행도 가능하다고 하니 그들의 춤사위의
동력을 알듯도 하다.

공원 안에 비밀정원이라고 불리는 곳이 있는데, 후원을 받아
운영하고 자원봉사자들이 혼신의 힘을 다해 가꾼다. 자연을 사
랑하고 정성을 다하는 그 모습에 고개가 절로 숙어진다. 계절마
다 피는 꽃들이 다르다. 요즘은 봄이라서 마데이라의 자랑The
Pride of Madeira plants, 아카시아, 라일락, 아이리스, 피오니, 프리지
어 등이 한창이다. 화려한 색의 꽃들이 활짝 피어 생동감이 느껴
지고 노랑나비, 흰나비, 호랑나비들의 무료 공연이 볼만하다.

한 주를 시작하는 상쾌한 아침에 아름다운 새들의 지저귐으로
초대받듯 입장하는 설렘을 어떤 언어로 설명할 수 있을까? 맑고

파란 하늘의 햇살을 받으며 산책하는 과정에서 자연에 친숙감을 느낀다. 그 친밀한 자연이 여상히 오래 보존되려면 우리의 노력이 필요할 터이다. 자연을 해치는 화학 농약이나 화학 물질을 피하고 환경친화적인 방법으로 공원을 관리해야 하지 않을까. 특히 야행성 올빼미들은 소음과 쓰레기 이외에도 밝은 조명이나 불빛에 노출되는 것도 해롭다 한다. 감사하게도 공원 측에서 친환경적인 분위기를 만들고 있지만, 그것만으로는 부족하다. 필시 그곳을 이용하는 모든 이들이 십시일반 한 마음으로 노력해야만 쾌적하고 아름다운 자연을 누릴 수 있을 것이다. 소소하나 중요한 일들이다. 물건을 함부로 버리지 말고 나무와 꽃을 헤치지 말고 자연을 귀히 여기며 잘 보존해야 그 자연의 혜택이 우리 후손에게까지 이어져 내려가지 않겠는가 생각해 본다. 한 시간의 여유가 바쁜 삶을 풍요롭게 만드는 원동력이 된다는 걸 누군가에게 귀띔해 주고 싶다.

봄의 숲으로 가보라고, 그들이 우릴 부른다고.

***

첫 손녀 하린이

주위 사람들의 손주 자랑이 나와도 상관없는 먼 이야기라고 생각하였다. 아직 할머니가 될 준비가 되지 않아서였을까? 조금 더 자유를 누리고 싶다는 생각이 지배했는지도 모르겠다.

딸과 사위가 작년 Valentine's Day에 화상 통화를 요청했다. 그 날 아침에 약속이 있어서 외출 준비를 하던 중이라 오후에 통화해도 되겠냐고 양해를 구했다. 그런데 꼭 하고 싶다고 했다. 이곳에서 멀리 이사한 후 처음 맞이하는 밸런타인데이라서 그런가 싶었지만, 왠지 예감이 심상치 않았다. 그날 마침 Santa Monica에 사는 아들이 친구 결혼식에 참석차 집에 와 있었는데, 아들도 뭔가를 눈치챘는지 화상 통화를 한 후 외출하시라고 제안했다.

　화면에 비친 딸과 사위 얼굴이 활짝 피어 있었다. 딸이 말하기를 좋은 소식과 나쁜 소식이 있다고 했다. 나쁜 소식을 먼저 이야기하라고 했더니 자신들이 키우는 애완견 Tilly가 더 이상 자신들의 사랑을 독차지하지 못하게 되었다고 했다. Tilly는 나와 남편이 지난 8월에 선물한 애완견이었다. 태어난 지 2개월 된 진돗개와 골든레트리버Golden Ritriever가 섞인 털이 희고 예쁜 강아지라서 애지중지하며 키우고 있었다. 그 말을 듣는 순간, 임신했냐고 물어보니 맞다고 했다. 기쁜 소식에 나도 모르게 환호성을 지르고 말았다. 남편과 아들도 얼굴에 환한 미소가 가득했다.

　그런데 한 가지 걱정이 생겼다. 우리 가족이 한국 여행을 가려고 몇 개월 전에 비행기표를 사놓은 상태였기 때문이다. 사위와 딸은 선교지에서 5개월 훈련받는 동안 만나 사랑에 빠져 결혼하였다. 타주에서 자란 백인 청년이어서 한국을 보여주고 싶었다. 다행히도 임신 4개월에 들어선 때라 큰 무리가 되지 않았고, 딸아이는 입덧을 하지 않았다. 멀리 있어서 임신한 딸에게 좋아하는 음식을 해 주지 못해 아쉬웠는데, 한국에 가 있는 3주 동안 맛있는 음식을 마음껏 먹이고 산모에게 필요한 영양을 보충해 줄 수 있게 되어 다행이었다. 긴 시간이 아니었음에도 배가 눈에 띄게 불러온 걸 보니 마음이 뿌듯했다.

딸의 출산을 지켜보며 몇 가지 특별한 경험을 했다. 첫째는, 출산 예정일이 세상을 떠난 오빠의 생일과 같은 날이라는 거였다. '오빠가 천국으로 떠난 대신 하나님께서 새 생명을 보내주신 게 아닐까'하는 사인sign으로 받아들이게 되었다. 시간이 흐르면서 산모는 일과 운동을 꾸준히 하며 건강하게 잘 지냈다.

호사다마라 했던가. 딸의 출산일 한 달 전에 아들에게 사고가 생겼다. 친구들과 농구 경기를 하다가 무릎을 심하게 다쳐서 수술이 불가피하였다. 따라서 수술 후, 집에서 돌봐 주어야 했기에 산후조리 해 주러 가는 날짜를 늦추어야 했는데, 마침 타주에 사는 안사돈이 출산일에 맞추어 가서 돌보아 주겠다고 하였다. 두 번째 놀라웠던 일은 출산일과 예정일이 일치한 거였다. 안사돈이 도착한 지 이틀 후에 하린이를 출산하게 되었는데, 공교롭게도 그날은 친정아버지께서 소천하신 지 8주년 되는 날이기도 했다.

안사돈이 약 3주간 산모와 아기를 잘 돌봐 주고 떠난 후, 우리 부부는 자동차로 약 10시간 거리를 운전하여 딸 집에 도착했다. 사위가 도착시간에 맞춰서 하린이를 안고 집 앞에 나와 있었다. 첫 손녀와 첫 만남이었다. 그 작은 생명체가 주는 감동을 뭐라고 표현할 수 있을까. 나는 손녀를 품에 꼭 안고 집으로 들어가서 소파에 앉았다. 그 어린 것과 얼굴을 마주하고 큰애 대하듯 웃으라고 하니 때마침 배냇짓을 하며 웃어주었다. 절묘한 시간이었다. 배냇짓과 웃음은 분명 다른 것이건만, 그럴 때 할머니들은 아기가 웃은 거라고 주장한다. 손주 바보 할머니들의 거짓말은 그렇게 시작되는 건가 보다. 남편도 첫 손녀를 안으며 딸 사라가 태어났을 때의 감격을 회상하였다. 입이 귀에 걸려서 하린이를 안고 있는 모습이 행복 그 자체로 보였다.

해산구완하러 가는 친정 부모는 아기 돌보는 일뿐 아니라 산모를 위한 먹거리 준비에도 신경을 써야 한다. 우리도 예외는 아니었다. 장을 잔뜩 봐서 딸과 사위가 좋아하는 음식을 해 주었다. 딸아이는 특별히 한식을 좋아하는데 다행히 사위도 한식을 좋아하고 무엇이든 잘 먹어서 별 어려움은 없었다. 산모인 딸은 엄마표 미역국을 좋아했다. 일거양득이라 할까, 몸 푸는 데 도움이 되는 데다 좋아하는 음식이다 보니 부족함 없이 실컷 먹게 했다. 그 덕인지 모유도 잘 나와서 하린이는 모유만 먹는데도 포동포동 살이 오르고 무럭무럭 잘 자랐다.

먼 거리임에도 상관없이 우리는 한 달에 한 번꼴로 손녀를 만나러 간다. 추수감사절과 크리스마스에는 우리가 가서 함께 지냈고, 백일이 지난 후론 딸네가 하린이를 데리고 온다. 사위도 운전을 좋아해서 장거리 운전이 별문제가 되지 않는다고 하니 감사하다. 하린이가 눈맞춤하며 웃을 때는 마음이 녹아내리는 것 같다. 세상을 오래 살아서 경륜이 쌓였기 때문인지 내 아이를 낳아서 키울 때보다 손주를 대할 때 훨씬 여유가 있고, 사랑이 더 가고, 너무 예쁘다. 주위 사람들이 손주들에게 푹 빠진 이유를 인제야 이해하니 직접 경험하는 것이 그래서 더 중요한 건가 보다.

하린이는 순하고 잘 웃고 재롱도 잘 피운다. 주위 사람들에게도 잘 안기고 애완견 Tilly 와도 잘 지낸다. 지난번에 우리 집에 놀러 왔을 때 차에 함께 탄 Tilly를 보며 깔깔대고 웃던 모습이 눈에 선하다. 내가 노래를 부르면 따라 하고 싶어서 큰소리를 내기도 하고, 자그마한 손으로 잼잼도 한다. 한 번은 나와 화상 통화를 끝내고 잠자리에 들어야 하는데 손을 위로 뻗치면서 한참을 노래하듯 큰소리를 내고 있다가 엄마한테 들키니까 깜짝 놀라 멋쩍어하는 동영상을 딸이 보내주었다. 너무 신기해서 남편과 보고 또 보았다. 엎드려서 거울을 바라보며 우는 시늉을 하면서 자기 모습을 바라보던 영상도 너무 귀엽다. 앞으로도 선하고 총명하고 건강하게 무럭무럭 자라주기를 간절히 기도한다.

하린이가 태어난 지 어느새 7개월이 되어간다. 하루라도 화상이나 사진으로라도 보지 않으면 허전하다. 미국에서는 할머니와 할아버지 이름을 원하는 대로 지어서 부르게 한다. 남편과 나는 파피와 미미로 정하였다. 친할머니, 친할아버지도 각자 이름을 지었기에 혼돈할 일은 없다. 파피와 미미라는 이름으로 더욱 젊고 건강하게 지내야겠다고 다짐해 본다. 첫 손녀, 그리고 앞으로 태어날 손주들과 놀이공원, 박물관, 바닷가 등을 함께 다니며 새로운 경험할 생각을 하니 풍선이 둥둥 뜨듯 마음이 하늘을 나는 것 같다. SNS에 손녀 사진을 올렸다. 나도 손녀 자랑이 하고 싶은 모양이다.

한국에서 손주 자랑을 하려면 돈 내고 해야 한다는 말을 들은 적 있다. 그런데 요즘은 돈을 줄 테니 손주 사진 좀 보여달라는 추세로 바뀌었다고 한다. 저출산이 빚은 슬픈 현실이다. 출산율이 매년 감소한다고 하니 보통 심각한 일이 아니다. 결혼도 자녀도 포기하는 세대가 안쓰럽다. 바람직한 정책이 마련되어 모두 행복해졌으면 하는 바람이다.

***
시각의 차이

"행복해지려면 미움받을 용기도 있어야 하네. 그런 용기가 생겼을 때,
자네의 인간관계는 한순간에 달라질 걸세."

- 『미움받을 용기』 중에서

사람들과 대화를 나누다 보면 같은 상황이라도 해석이 분분할
때가 있다. 나는 내 방식대로 해석하면서 다른 사람도 같은 생각
일 거라고 착각하면 큰 오산이라는 것을 깨닫게 된다. 그래서 코
드가 맞는 사람하고 있어야 편한 걸까. 나는 다양성을 추구하고
다른 사람의 의견과 생각을 존중하는 편이다. 하지만 나와 매사
에 의견이 다르고 바라보는 시각과 해석이 다르거나, 함께 발맞

추어 전진해야 하는데 매번 설명하며 이해시켜야 하는 관계라면 힘이 빠지고 함께하는 시간을 줄이게 되니 관계가 소홀해지기도 한다.

사람은 누구나 양면성이 있다. 나도 그렇다. 장점이 있으면 단점이 있고, 견해에 따라서 행복과 불행을 넘나들게 되는 것 같다. 부정적이고 불만이 많은 사람을 지켜보면 피해의식 내지는 자신의 권리를 필요 이상으로 내세우고 기대치도 높아서 웬만해서는 만족을 누리지 못하는 것 같다.

요즘, 나답게 사는 연습을 하는 중이다. 사람들의 의견에 맞추어서 살아가는 내가 아닌 다른 나, 또는 사람들이 인정하는 나로 살아가는 것에 관해 회의를 느끼던 중에 『미움받을 용기』라는 책을 읽게 되었다. 그 책을 읽으며 그동안 가지고 있던 고정 관념을 바꾸게 되었다. 그동안 알고 왔던 원인론이 목적론으로 전환되고 나의 삶을 나 스스로 개척해야 한다는 부분이 마음에 와닿았다. 살면서 깨달았던 생각의 조각들을 아들러 심리학이 정리해 주었다. 모든 고민은 인간관계에서 시작하며 내게는 변화할 용기가 필요하다는 것도 배웠다.

한동안 주위의 사람을 많이 의식했다. 누가 나에게 언짢은 말을 하여도 싫은 기색을 하지 않았고 상대방이 자유분방한 진보주의일 경우에는 보수적인 감정을 들키지 않으려고 했다. 주위 사람들에게 상처 주지 않고 원만하게 잘 지내고 싶다는 욕구가 컸기 때문이다. 하지만 다른 사람들의 기준에 맞추려고 나를 억제하고 내가 아닌 나로 살아가는 것에 대한 회의가 왔다. 하고 싶은 말은 하고, 싫으면 억지로 참으면서 좋은척하지 말고 나의 의견을 소신껏 밝히며 살고 싶었다. 남에게 피해를 주지 않고 나 자신에게 나다움을 허용하고 참다운 자유의 날개를 달아주고 싶었다. 나의 선의를 상대방이 받아주지 않으면 그건 그 사람의 선택이지 나의 선택이 아니란 것도 깨닫게 되었다.

어떤 단체에 소속하느냐에 따라서 특성에 맞게 행동해야 할 때가 있는데 때로는 나만의 색채를 굳이 숨길 필요가 없다는 생각이다. 여론이 두려워서 무채색이 되어 묻혀버리고 만다면 아무런 영향력을 끼치지 못하게 된다. 개성을 살려서 상대방에게 피해를 주지 않는 한도 내에서 생각하고 말하련다. 요즘은 내 의견을 담담하게 이야기하고 좋고 싫음도 정도껏 표현하며 살려고 애쓰는 중이다. 밤색과 검은색 옷을 즐겨 입는 단체에서 튀지 않기 위해 내가 좋아하는 밝고 화려한 색의 옷을 입지 못하고 숨어버리는 일은 하지 않겠다고 다짐한다. 누군가를 돕는 일이 맞는다고 생각하면, 자리에서 박차고 일어나 그의 대변인이 되어

주리라. 어떤 결과를 초래하게 되더라도 그때 한 선택이 최선이었다면 후회하지 않으리라 믿는다.

가족의 굴레에서 서로의 생각과 가치관이 맞지 않을 때 문제의 해결책을 찾기보다는 서로의 불만에 대해 표출할 때가 있었다. 아들러 심리학자가 말하는 과제의 분리에 대해 곰곰이 생각해 보니 가족이라도 선을 그어야 하며 다른 사람의 인생을 대신 살아줄 수 없다는 것도 인정해야 한다는 것을 깨달았다. 부모라는 이름으로 아이들이 원하지 않는 것을 나의 체면과 욕심을 채우기 위해 강요한 것은 아니었는지 생각해 보게 된다.

아들이 9학년 때 일이다. 농구팀에 속해 있었는데, 농구 경기를 열심히 하고 나면 친구들과 피자파티도 하고 비디오 게임도 하며 즐겁게 시간을 보내곤 했다. 그 당시에는 농구에 흠뻑 빠져 있었다. 학교 공부에 소홀해지는 것 같아서 다른 친구들보다 좀 더 일찍 집에 데려왔는데 속이 상했던 모양이다. 엄마는 자신이 행복한 것을 원하는지 물었다. 물론 아들의 행복을 원하기에 공부하는 시간과 분위기를 만들어 준다고 대답했다.

아들은 그 상황을 이해하지 못했을 수도 있다. 만약 내가 그 당시에 이 책을 읽었다면 좀 더 자율적으로 선택하도록 도왔을지도 모른다. 딸에게도 목적의식을 심어주는 일에 더 신경을 써 주

었을지도 모른다. 이미 지난 일은 어쩌겠는가. 나는 지금 성인이
된 자녀에게 지난날의 실수를 보충하는 일에 중점을 두고 있다.
자율적인 선택을 하게 하고 강요하지 않는다. 서로의 시각이 다
르더라도 각자의 삶을 존중하며 서로에게 용기를 주니 자유가
있고 사랑이 저절로 쌓이는 것 같다.

　인간관계에 있어서 수직관계가 아닌 수평관계가 되어야 하고,
칭찬보다는 감사를 표현하여 공헌하는 것에 초점을 두어야 한
다는 아들러 심리학에의 새로운 시각을 가지게 되었다. 좀 더 나
자신을 사랑하고 용기를 내어 행동하고 자율적으로 공헌하며
자유를 누려야겠다.

한류의 신호탄

요즘은 세계가 하나 되어 가는 것을 실감한다. 인터넷을 통하여 전 세계는 하나로 연결되고 다른 나라에 대한 관심도 역시 높아졌다. 여러 나라 사람이 모여 사는 남가주에서는 용광로melting pot라고 하여 오래전부터 서로의 문화와 음식에 익숙해져 있다.

언제부턴가 동남아 사람들이 한국 드라마를 열심히 시청하면서 한국 문화에 관심을 보이기 시작했다. 내가 사는 동네에는 월남 사람이 네일샵Nail shop을 많이 하는데, 내가 한국인이라는 걸 알게 되면 반사적으로 한국 드라마 이야기를 꺼내곤 한다. 처음 본 손님임에도 드라마를 공통 주제로 해서 한국 문화에 관한 질문을 하며 대화를 이어가니 즐겁게 서비스를 받게 되어 덕을 보게 된다.

2000년도 중반에 동방신기라는 가수 그룹이 혜성같이 나타나 일본을 비롯한 아시아에서 큰 인기를 끌었다. 이웃이었던 일본인 친구 S가 그 무렵 남편의 주재원 임무를 마치고 일본으로 돌아갔는데, 동방신기의 열렬한 팬이 되어 콘서트를 열심히 따라다닌다고 했다. 그 당시 나는 한국 아이돌 가수에 대해 별로 아는 게 없었기에 막연하게만 생각하면서도 한국음악과 문화에 관심을 보이는 자체에 고마웠다.

2012년도에는 가수 싸이의 〈강남 스타일〉이 흥행하면서 미국인들이 알아들을 수 없는 한국 가사에 맞추어 춤추는 것을 목격하며 신기해했던 시절이 있었다. 그리고 BTS방탄 소년단, 블랙핑크 등 K-Pop 스타들의 인기는 전 세계에서 상상을 초월할 만큼 한국의 위상은 높아졌다.

넷플릭스가 보급되기 전에는《대장금》,《허준》등의 한국 드라마가 알려지기 시작했는데, 넷플릭스를 통해 K-Drama가 더욱 인정받고 한류 열풍에 가세하게 되었다. 그러면서 한국 음식, 문화, 패션 등에도 관심을 보이게 되었다.

2018년도 평창 올림픽으로 한국에 대해 새롭게 알기 시작한 몇 명의 미국 친구들이 나를 응원했던 기억이 난다. 그때만 해도 미국에서 한류 열풍이 강하게 일지 않았다.

미국에서 살면서 한국에 관심을 불러일으켰던 계기는 '1988

서울 올림픽'으로 기억한다. 그 당시 나와 친구들은 나라를 사랑하는 마음으로 서울 올림픽에 자원봉사자로 참가하여 통역을 맡았었다. 그 당시 한국에서 처음 개최하는 올림픽 게임이라 온 국민은 물론 교포들도 흥분되어 들떠 있었다. 역사적인 자리에 함께할 수 있다는 가슴 벅찬 기대감으로 우리 교포 자원봉사단은 한국에서 뜨거운 환영을 받으며 공항에 도착했다.

나라 전체가 잔치 분위기였고 흥분의 도가니였다. 우리는 선수들과 같이 합숙하도록 올림픽 선수촌에 숙소를 마련하고 2주에 걸친 훈련에 들어갔다. 올림픽 위원회에서 준비한 관광과 프로그램에 참여하며 한국인의 긍지와 자부심을 느낄 수 있었다.

선수촌에 모인 전 세계에서 온 선수, 코치, 관계자들과 자원봉사자들이 함께 어우르며 공산국가나 민주주의 국가 상관없이 우리는 모두 하나가 되었다. 얼굴을 마주치면 서로 웃음으로 환대하고 서로를 응원하는 분위기여서 천국이 따로 없었다.

나는 홍콩 선수들을 배정받았다. 처음에는 금, 은, 동메달을 딸 가능성이 많은 나라 선수를 맡지 못해 아쉬웠지만 오히려 홍콩 선수들과 큰 부담 없이 올림픽 게임을 즐길 수 있었다. 그들은 대부분 나와 나이가 비슷한 이십 대였고 참가하는 데 의의를 두었기에 맛있는 한국 음식점을 찾아다니는 데 관심이 많았다. 공항에서 처음 맞이한 팀은 사이클 선수들이었는데 한국에 도착

하자마자 팀 카team car 두 대를 빌렸다. 앞에 네 명, 뒤에 네 명이
타고 서울 시내를 누볐다. 홍콩의 거리도 한국과 크게 다르지 않
아서인지 복잡한 거리를 능숙하게 운전하며 다녀서 별로 긴장
이 되지 않았다. 도착하자마자 삼계탕 잘하는 식당을 찾아서 청
와대 근처 올림픽 지정식당으로 안내했다. 얼마나 맛있게들 먹
던지 아직도 그 모습들이 생생하게 기억에 남는다. 그 후에도 맛
집을 두루 다 섭렵했다. 그들은 미식가였고 단결력도 좋았다. 나
는 안내와 통역만 하면 되었고 선수들과 코치 그리고 스폰서들
이 다 알아서 하였기에 덩달아 과분한 대접을 받았다.

물론 펜싱, 유도 등 다른 종목의 선수들도 안내하고 그들을 성
심성의껏 도와주며 소통하는 데 불편을 느끼지 않게 하려고 노
력했다. 또한 선수들에게 기회가 있을 때마다 한국어를 가르치
면 열심히 따라 하곤 했다. 한번은 선수 한 명이 거리에서 담소
를 나누던 할머니들에게 "안녕하세요, 아가씨"라고 해서 박장대
소한 적도 있었다. 물론 할머니들은 너무나 행복해하며 또 그렇
게 부르라고 하셨다. 그 친구는 잠시 민망해하다가 같이 웃고 말
았다. 그 이야기가 선수촌에 파견되었던 중앙일보 기자에 의해
신문에 실리기도 했다.

서울 올림픽 때의 에피소드는 수없이 많다. 선수촌 안에 백화

점이 들어왔는데, 당시 영어를 할 줄 아는 점원이 많지 않았다. 그리하여 우리 교포 자원봉사자들은 시도 때도 없이 통역이 필요한 곳이면 어디든지 달려가 도왔고 보람도 느꼈다. 선수촌 숙소에 돌아오면 녹초가 되었다가도 룸메이트 중 누구든 "나가자"라고 하면 우리는 유니폼을 벗어버리고 드레스로 갈아입은 후 시내 클럽에 가서 음악에 맞추어 춤추며 스트레스를 풀곤 했다. 그것도 젊은 시절의 추억으로 남게 되었다.

폐막식에는 이미 떠난 국가 선수들이 있어서 자원봉사자들도 티켓을 받아 입장할 수 있었다. 그런 축제의 분위기, 천국같이 행복했던 그 시간이 새삼 그리워진다. 그때 함께 불렀던 올림픽 주제가인 〈손에 손잡고〉가 머릿속에 맴돈다. 한류 열풍은 어쩌면 그때부터 싹트고 있었던 건 아닌지 생각하니, 세계 속에 우리 한국인의 저력과 우수성에 어깨가 으쓱해진다.

***
전명혜

종심從心 지나 글을 쓰게 되었다. 친정아버님이 시인이셨지만, 나와는 거리가 멀다고 생각했었다. 하여 오랫동안 생각지도 않았던 글을 쓰려니 아직은 뭔가 어색하고 부담스럽다. 나름대로 보람 있고 성실한 삶을 살아왔기에 딱히 후회되는 일은 없었다. 그러나 작가로 입문하고 보니 늦게 눈뜬 자신을 자주 책망하게 된다. 이렇게 즐겁고 설레는 길을 왜 이제야 걷기 시작했을까. 누군가의 가슴에 남을 수 있는 글을 남기고 싶다. 단한 문장이어도 좋으니 그럴 수 있었으면 좋겠다. 너무 늦었다고 생각하지 않겠다.

***

늘목산장에서 별을 보다

한국을 방문한 김에 감악산에 있는 아버지 산장에 찾아가 보았다.

2년 만의 방문이었다. 아직도 옛 모습 그대로인 좁은 산길을 숨차게 올라갔다. 근처에 다다르니 무성한 잡목들 사이로 낡은 산장이 언뜻언뜻 보였다. 길을 만들 때 깔아 놓은 돌멩이를 밟으며 경사진 오솔길을 올라가니 누옥이 외롭게 서 있었다. 가시덤불을 헤치고 물을 긷던 마당을 지나갔다. 왼편 역시 나뭇가지들이 엉켜서 대여섯 개 있는 돌층계가 보이지 않았다. 간신히 헤치고 올라가 굳게 잠긴 집안을 들여다보았다. 유리창으로 된 왼쪽 창고에는 아버지가 생전에 썼던 장갑, 장화, 헌 옷, 곡괭이, 삽 등이 그대로 놓여 있었다.

　주변에 인가는 없고 산속에 낡은 산장만 오도카니 몇 년째 방치돼 있는지라 조용했고, 공기는 무엇으로도 표현할 수 없이 맑고 신선했다. 숨을 깊숙이 들이마셨다. 오랜만에 느껴보는 다디단 공기였다. 오랫동안 사람 구경을 못 한 것 같은 산장은 마치 알퐁스 도데의 『별』 서두에 나오는 "몇 주일씩이나 사람이라고는 통 그림자도 구경 못 했을 것 같은"이란 문장과 풍경을 연상케 하며, 소녀 시절 감성을 자극했다. 『알프스 소녀 하이디』를 읽으며 스위스를 동경했고, 알퐁스 도데의 『별』을 읽으며 프랑스의 아름다운 산을 상상하곤 하였다. 그래서 그곳은 유년의 내게 가보고 싶은 꿈의 나라가 되었다.

　아버지는 자연을 좋아해서 산으로 강으로 다녔다. 낚시통을 메고 저수지에 가기도 했다. 낚시동호회 분들과 함께 가기도 했지만, 혼자 다닐 때도 있었다. 함께 가자는 아버지의 제안을 매번 마다할 수가 없어서 나도 가끔은 마지못해 따라나섰다.

　어느 해 여름, 밤낚시를 갔다. 풀밭에서 별을 보며 잠들었다가 개구리가 내 배 위에서 뛰어다니는 바람에 깜짝 놀라 깨어나기도 했다. 여름이라 해도 새벽녘에는 한기가 들었다. 그럴 때면 아버지는 버너에 불을 켜서 라면을 끓여 주었다. 그러면 이내 뜨겁고 맛있는 국물로 몸이 훈훈해지곤 했다.

아버지는 말수가 적은 편이었다. 다정하게 가르쳐 주시지는 않았지만, 나는 어깨 너머로 낚시를 자연스레 배우게 되었다. 먼저 물고기가 잘 잡힐만한 장소를 정한 다음 찌 끝에다 꿈틀거리는 지렁이를 달아서 낚싯대를 강 저쪽 편을 향해 멀리 던져 놓는다. 그런 후 말없이 등받이가 없는 조그만 의자에 앉아 낚싯대 주변으로 퍼져 가는 물결의 파장을 본다. 아버지는 늘 강 저쪽에 드리워진 낚싯대 끝을 바라보며 담배를 태우면서 조용히 찌가 움직이기를 기다렸다. 온종일 있다가 빈 통으로 돌아온 적도 있었다. 그땐 몰랐다. 아버지가 낚던 것이 물고기가 전부는 아니었다는 것을. 아름다운 자연과 한낮의 태양, 밤을 밝혀주던 달과 별 그리고 밤벌레와 개구리 울음소리가 함께 했던 그곳에서 아마도 시상을 떠올리고, 시어를 낚고, 시를 건져 올렸을 것이다.

아버지는 맏사위를 유독 좋아했다. 장인을 따라 낚시터에 가 보았던 남편에게 "소양 교육 갈래요, 낚시 갈래요?"하고 장난삼아 물으면 소양 교육가는 게 차라리 낫다고 할 정도로 남편은 낚시에 흥미가 없었다. 당시 삼청교육대에서 시행했던 소양 교육이라는 것이 원래의 의도와는 다르게 반정부 인사들을 처벌하는 무서운 수단이라고 알려졌던 시절이었다.

산장을 짓기 위해 아버지는 인가가 없고 전기도 없는 깊은 산

속에 땅을 샀다. 그곳에는 훈련하는 군인들만 이따금 보였다. 부동산의 가격 상승을 기대했던 가족에게는 이해가 안 되는 부지였다. 토지매입을 도와준 이장과 친분이 생기면서 전기를 연결했고, 산장까지 올라가는 샛길을 넓혀 자동차 한 대가 겨우 다닐 수 있는 길을 닦았다. 원시적인 방법으로 만든 길은 조금만 잘못하면 차가 도랑으로 빠질 수도 있었다. 마당에는 샘을 파서 물을 뜰 수 있게 만들었다. 산장 이름은 '늘목리'라는 마을 이름을 따서 '늘목산장'이라고 지었다. 늘목리는 통일을 늘 목이 빠지게 기다린다는 뜻이다. 이듬해 여름에 다시 방문했을 때 쓸 만하게 변한 산장을 보고 깜짝 놀랐다.

한번은 아버지가 가족 소풍을 가자고 제안해서 버너와 음식을 준비해 근처에서 멀지 않은 장흥, 한탄강 등을 두루 찾아다녔다. 하지만 준비해 간 음식을 해 먹을 만한 적당한 장소를 찾지 못해 다시 산장으로 돌아왔다.

산장 오른편으로 멋있는 소나무 아래 큰 바위가 있었다. 바위는 온 식구가 함께 둥글게 앉을 수 있을 만큼 널찍하고 컸다. 거기서 아래쪽을 내려다보면 숲과 멀리 있는 나지막한 마을이 보였다. 우리는 아버지께 이렇게 좋은 곳을 놓아두고 사람들이 북적거리는 곳을 돌아다녔다고 불평했다. 돌고 돌아 결국 우리 산장 바위에서 고기를 구워 맛있는 점심을 먹었던 기억이 남아있다. 아버지는 이왕이면 물이 흐르는 계곡에서 식구들과 소풍을 하고 싶으셨던 것이다.

저녁 무렵, 추억을 뒤로하고 산장을 내려왔다. 뉘엿뉘엿 서산으로 지는 해가 잡힐 듯 가까워 보였다. 참으로 붉고 무겁게 느껴져 금방이라도 뚝 떨어질 것만 같았다. 어두워지는 산비탈을 내려오며 보게 된 우리나라 산의 소박하면서도 든든한 풍광이 아버지 시처럼 편안하게 다가왔다.

어른이 되어 그토록 그리던 알프스와 스위스를 가보았다. 꿈에 그리던 그곳은 너무나 아름다웠다. 하지만 그 이상의 것이 되어 주진 못했다. 이젠 알 것 같다. 알퐁스 도데의 『별』에 나오는 그곳이 바로 아버지의 누옥이었고, 하늘의 별보다 가슴에 간직한 별이 더 아름답다는 것을.

그곳을 지키던 시인은 하늘의 별이 되었다. 아버지가 건져 올린 수많은 시어는 지금 누구의 가슴에서 빛나고 있을까? 발길에 채는 돌멩이 하나도 함부로 대하지 않았던 아버지, 내 아버지가 못내 그립다.

***
Pocky

거북이는 장수와 행운을 상징한다. 꼭 그 때문은 아니겠지만, 우리나라 사람들은 은근히 거북이를 좋아한다. 김홍도 화가의 그림에도 초가집 마당에서 절구 찧는 여인네 옆에 거북이가 있다.

첫 월급으로 어머니에게 무슨 선물을 사드릴까 고심하다 금으로 만든 거북이를 사드렸다. 이솝우화 「토끼와 거북이」에서 느리지만 잔꾀를 부리지 않고 성실하게 임한 거북이가 결국 성공한다는 교훈이 마음 밭에 새겨져 아마도 거북이 모양의 장신구를 샀을 것이다.

동네 전봇대엔 이사로 인한 가구 세일, 거라지 세일, 잃어버린 강아지 찾는 전단 등이 붙곤 한다. 오늘은 특이하게 "Lost Bird"라는 문구와 함께 앵무새 사진이 붙어있었다. 사흘 전에 새를 잃어버려 애가 탄 주인이 붙인 것이다. 전단에는 "사진 속 새는 스스로 음식을 구하지 못하니 발견한 분은 모이를 주시기 바라며, 돌려주면 후사하겠다"라는 내용이 적혀 있었다. 날아다니는 새를 잡을 수 있을까 걱정이 되었지만, 아무쪼록 주인에게 잘 돌아가기를 바랐다.

전단 속 새 사진을 보니 전에 집에서 키웠던 거북이가 떠올랐다. 큰딸 생일날, 둘째가 선물한 상자를 풀어보니 살아있는 거북이가 들어있었다. 상자가 약간 흔들린다고는 느꼈지만, 거북이일 거라고는 상상치 못했다. 거북이를 구두 상자에 넣고 숨을 쉴 수 있도록 뚜껑과 사방 벽에 살짝 구멍을 낸 뒤 포장하니 감쪽같았다. 느린 언니가 거북이를 닮았다고 생각한 둘째 딸의 기발한 발상이었다. 깜짝선물 거북이는 마루를 엉금엉금 기어다녔다. 내 손바닥보다 조금 큰 거북이였는데도 약간 징그러웠다. 아이들은 거북이에게 포키Pocky라는 이름을 지어주었다. 컴퓨터 초기 화면도 포키로 바뀌었다.

그날 이후 아이들은 거북이에게 필요한 물건을 사들이기 시작했다. 평소에는 인색했던 애교까지 동원해서 아빠를 설득해 큰 어항을 들여와 넓은 해안처럼 놀 수 있게 해주었고, 그 안에 산소 공급을 위한 기구도 설치하였다. 금붕어도 대여섯 마리 넣어

주니 잘 어울렸다. 작은 자갈과 제법 큰 바위를 깔아 놓은 어항에서 초록색 해초 사이를 늠름하게 헤엄치며 노는 거북이의 모습이 낭만적이고 아름다웠다. 밥을 먹을 때나 대소변을 볼 때는 세숫대야에 옮겨 놓았다. 하루에도 몇 번 어항에 넣었다 꺼내고 마루에서 기어다니도록 두기도 했다. 거북이가 잘 먹지 않을 때는 젓가락으로 음식을 입에 넣어주었다. 거북이를 위해 방과 화장실 구석에 조그만 담요를 깔았고, 오르락내리락하면서 운동하라고 통나무와 물통도 구비 했다. 거북이 살림살이가 제법 많아졌다. 조그만 거북이 한 마리 키우는 데도 손이 많이 갔다.

마루에서 엉금엉금 기던 거북이는 저녁밥 짓는 냄새가 나면 덜커덩거리면서 바삐 부엌 쪽으로 왔다. 그리곤 서서 일하는 내 발등에 자기 배를 얹어 놓았다. 마치 식사할 때 자기를 잊지 말라고 표현하는 것 같았다. 테이블에 올려놓고 등을 쓸어주면 '더 시원하게 긁어주세요' 하듯 등을 위로 높이 곧추세웠다. 쓰다듬어 주면 좋아서 목을 길게 빼고 바늘귀처럼 작은 눈으로 나와 눈높이를 맞추려고 애를 썼다. 가끔 부엌 구석에 놓인 스테인리스 쓰레기통에 비친 자기 모습을 보며 쪼아 대기도 했는데, 아마도 다른 거북이로 착각하고 인사하는 듯했다.

거북이에 대해 전혀 몰랐던 나는 거북이를 키우면서 여러 가지를 알게 되었다. 감정이 없거나 지능이 제로에 가까울 거라 여겼던 건 편견이었다. 강아지만큼은 아닐지 모르지만, 지능이 많이 모자라진 않았다. 느리지 않다는 것도 새로 알게 된 사실이었다. 외출할 때 가끔 화장실 안에 넣고 문을 닫고 나오는데, 그곳에 갇히지 않으려고 잰걸음으로 나올 때 보면 내 걸음보다 빨랐다. 문을 닫기도 전에 도착한 거북이가 문 사이에 끼어 다칠까 봐 늘 조심해야 했다.

외출에서 돌아와 현관문 여는 소리가 나면 또 덜커덩거리면서 뛰어오는 소리가 바깥까지 들린다. 거북이가 기뻐하며 나를 맞이하려고 온 힘을 다해 현관으로 오는 것이다. 다섯 개쯤 되는 층계를 따다닥 뛰어내리다 뒤집히기 일쑤다. 그럴 땐 허공에 네 발을 허우적대며 등으로 밀고 구석까지 가서 벽을 의지해 다시 원 상태로 뒤집은 다음 반갑게 나를 맞아주었다.

거북이에게 무서운 적은 독수리 같은 큰 새다. 확 낚아채 공중으로 높이 올라가서 시멘트 바닥을 향해 정확히 조준해 떨어뜨려 먹이로 만든다고 들었다. 잔디밭에서 자유로이 놀게 하고 싶어도 새가 갑자기 나타나 채 갈까 봐 항상 지켜야 했다. 때로는 거북이가 풀과 똑같은 색깔로 변해 잠시만 한눈을 팔아도 눈에 쉽게 안 띄어 찾느라 허둥대기도 했다.

어느 날, 거북이가 많이 아파서 병원에 갔다. 아프면 구석에서 움직이지 않고 잘 놀지도 않아서 금방 알 수 있다. 갑각류를 전공한 의사를 찾아가 치료를 받았지만, 포키는 회복하지 못했다.

처음 식구가 되었을 땐 대수롭지 않게 생각했는데, 8년을 함께 살다 보니 거북이와 의사소통이 되고 정도 들었다. 포키는 내가 가는 곳마다 따라다녔다. 내가 바쁘게 걸으면 포키도 바쁘게 걸 었다. 시간이 흐르면서 거북이가 배고플 때, 반길 때, 어떻게 행 동하는지 알게 되었다. 포키를 기르며 거북이도 대화가 가능하 고 사랑을 주고받을 수 있는 존재라는 것도 깨달았다. 포키와 이 별 후, 한동안 빈자리가 너무나 크게 느껴졌다. 그래서 앞으로 동물은 키우지 말자고 다짐하기도 했다. 상실의 아픔은 강아지 나 거북이나 다를 게 없다는 걸 체험했기 때문이다.

"토끼가 낮잠도 안 자고 지랄이야!"라는 말을 지인으로부터 듣고 한참 웃었다. 토끼와 거북이에 관한 신 유행어인데, 영리 한 학생이 게으름도 안 피우고 열심히 공부하니 느린 학생은 도 저히 못 따라간다는 뜻이라고 한다. 옛날 우화는 요즘 같은 경쟁 시대에는 맞지 않게 되었다.

거북이는 나 같다. 느리고 특별한 재능은 없지만, 남과 비교하 지 않기로 했다. 느리면 느린 대로 내 속도와 능력에 맞춰 살아 가려 한다. 꾸준히 노력하면서 보람과 즐거움을 찾고 싶다. 뒷마 당에 잠든 포키도 나를 응원해 줄 것이다.

아직도 포키는 내 마음 한편에 아련한 추억으로 남아있다.

***
찻집 주인

한국을 다녀온 지 벌써 보름이 넘었건만, 아직도 무기력증에서 헤어나지 못하고 있다. 뉴욕에서 몇십 년을 살면서 서울을 자주 다녔지만, 이번 6주간의 여행은 꼭 시차 적응 때문이라기보다는 뭔가 모르게 힘들다. 의욕이라는 현이 끊어진 듯 일상이 제자리를 찾지 못한다. 새 기운을 불어넣어 본래 생활로 돌아가고 싶은데 몸이 마치 발동이 안 걸리는 자동차 같다.

며칠 전 캐나다 퀘벡의 산불이 바람을 타고 내려와 멀리 있는 뉴욕 하늘까지 온통 붉고도 노란색으로 만든 자연의 힘에 충격을 받았다. 다음 날엔 하늘색이 어떤지 궁금해 동네를 산책했다. 내 생각이 그래서인지 시냇물의 색깔도 전과 다르게 보였다. 하지 말라면 더 하는 기질을 타고났는지, 폐에 나쁘니 될수록 외출을 삼가라는 말을 무시하고 한국 마켓까지 돌아다녔다. 한참 돌아다니다 보니 차츰 의욕 상실에서 벗어나기 시작했다.

대충 넣어 놓았던 보따리를 다시 정리하였다. 친구가 국물 한 방울 흐르지 않도록 야무지게 싸준 보따리 속에는 새우젓, 쌈 된장, 다마리간장, 매실청이 있었다. 갑판 위에서 팔딱팔딱 뛰는 자디잔 새우에 다섯 번 구운 소금을 뿌려 그 자리에서 직접 담갔다는 새우젓에서 뽀얀 국물이 우러났다. 국물을 맛보며 그녀와 처음 시작된 인연을 더듬어 올라갔다.

부모님이 더 연로해지시면 내 집처럼 편안하게 모실 장소가 필요하다고 생각했다. 양로원을 여기저기 다녀보았지만, 마음에 드는 곳은 없었다. 생각 끝에 내가 직접 짓고 부모님을 1호로 모시기로 했다. 마음이 앞서서 앞뒤 치밀한 계산을 하지 않고 양로원을 지었다. 너무 쉽게 생각했던 거다. 서둘러 건물만 지으면 되는 것이 아니었다. 도와주는 사람이 있어도 뉴욕에 있으면서 건설부터 자질구레한 일, 관청의 공무원을 상대하는 일까지는 무리였다. 시작부터 어려움에 부딪혔다. 난관 중에 구청에 근무한다는 C가 우리 주소지에 '교통유발부담금'이라는 신설된 세금이 많이 부과될 거라는 연락을 했다고 관리실 소장이 전했다. 한국에 갔을 때 그녀를 만나 저녁을 먹으며 구청에서 부과한 세금 내

용에 대해 들었고 그녀는 걱정하지 말라고 날 안심시켰다. 저녁 후 그녀는 지인이 하는 분위기 있는 멋진 찻집이 있다며 자기가 안내하겠다고 했다. 그 찻집 주인이 바로 이 글의 주인공이다.

 찻집 주인은 내 예상을 벗어나 그녀에게 쌀쌀하게 대하였고, 오히려 처음 보는 나에게 친절했다. 찻집 주인도 6층짜리 건물의 건물주여서 '교통유발부담금'을 내야 하니 C하고 잘 지내면 조금이라도 도움이 될 텐데 왜 그러는지 의아했다. 그녀는 찻집 문을 닫으면서 나의 행선지를 물었다. 내가 머무는 곳이 마침 그녀와 같은 아파트라서 데려다주었다. 그 후 서울에 머무는 동안, 그녀의 찻집과 내 건물은 같은 동네라 매일 아침 날 데려다주었다. 어느 땐 그녀가 점심으로 준비한 샌드위치를 내 것까지 챙겨주었다. 찻집 주인은 내 나이를 물었다. 동갑이니 말을 트자며 화끈하게 반말을 먼저 시작하였다. 반말은 우리의 예의 같은 겉치레를 벗게 하였고 빠른 속도로 가깝게 결속시켰다. 찻집 주인 말에 의하면 C는 구청이 세금을 걷는 바쁜 시기에 고용된 임시 직원이어서 세금을 줄이는 데는 아무런 영향력을 끼치지 못하는 사람이라고 알려주었다. 공무원을 빙자해 수시로 들락거리며 커피, 빵, 음료수 등을 공짜로 먹는다고 했다. 나를 처음 보았을 때, 이 순진한 여자도 구청의 정식 직원이라고 사칭하는 그녀에게 걸려든 것 같아서 관심이 갔다며 원하는 것을 들어주지 말라고 했다.

그녀는 키가 크고 나는 작다. 자가용은 벤츠를 몰고 다니는데, 비싼 명품 옷은 싫어하고 청바지와 시장 옷을 즐긴다. 거친 표현과 원초적이면서 성적인 말을 거침없이 쏟아내 종종 날 웃긴다. 그녀의 친정어머니가 남편을 골목 저 아래 집에 세 들어 사는 바느질집 아들이라고 얕잡아보고 반대했던 결혼 이야기며 비꼬아 말한 효자 아들 이야기도 재미있었다. 나하고 분위기가 닮지 않았는지, 주변 사람들은 친구와 나를 번갈아 보며 어디서 만난 사이인지 물어본다. 우리는 같은 고등학교 친구라고 말을 맞추기로 했다. 그 친구가 대전여고를 나왔으니 나도 따라서 대전여고 출신이어야 했다.

뉴욕에서, 현지 사정을 잘 아는 그녀에게 모르는 것을 물어볼 수 있어 좋았다. 그 친구는 한국에서 일어나는 복잡미묘하고 어려운 일을 잘 풀어나가는 뛰어난 능력이 있었다. 그리고 부지런해서 일을 부탁하면 빠르게 해 주었다. 어느 날 구청에서 '소방시설공사업법'에 위배 되니 빌딩 내부를 고쳐야 한다고 공문을 보내왔다. 엄청난 돈이 드는 일이어서 시간을 벌어야 했다. 친구는 나 대신 구청 직원을 만나 사정 얘기를 했고 내가 한국에 가서 건축과 직원을 만날 때도 동행해 주며 주의를 주었다. 일을 성사하려면 동정심을 얻어야 한다. 옷은 정신없는 여자처럼 입고 단추도 틀리게 꿰고 화장도 하지 말고 만나 연장해달라고 사정 얘기를 하라고 조언해 주었다. 이후에도 소소한 일부터 큰일까지 많은 일을 도와준 그녀의 마음 씀씀이에 감탄하였다. 일을 함께 보러 다니면서 싸고 맛있는 음식점도 알게 되었고 헤어 컷을 잘하는 미장원과 솜씨 좋은 치과도 소개해 주었다. 이 세상 모든 여자가 자기 다음으로 예쁘다는 친구의 위트와 자기 남편과 함께 겪은 에피소드에 나는 배꼽 잡고 웃은 적도 있다. 내용은 이러하다.

어느 날 친구가 운전하다 앞차를 살짝 스쳤다. 차는 멀쩡했는데 차 안에서 인상이 험한 깡패들이 내려 그녀 남편에게 큰소리를 쳤다.

"야, 이 쪼다 같은 새끼가 저는 편안히 앉아 여편네 운전을 시키고 차를 받아?"

계속 죄송하다는 말만 하는 남편이 답답해 보다 못한 친구가 차 문을 열고 나갔다.

"그래, 내 남편은 쪼다지만 너 같은 깡패는 아니다"라고 용감무쌍하게 대적했다. 쌍욕을 하면 똑같이 욕을 하는 부인을 보며 남편은 아연실색했고 혹여 부인이 얻어맞을까 봐 조마조마했다고 한다.

벌였던 일은 정리되었다. 비록 나의 계획대로 뜻을 이룰 수는 없었지만, 대신 그녀를 알게 되어 서울에 가면 제일 먼저 찾는 소중한 친구가 되었다. 뉴욕에 돌아올 때도 마지막까지 만난다. 그녀가 곧 수술을 한다. 왼쪽 귀 뒷머리 안쪽에 양성 종양이 있어 떼어내는 간단한 수술이라지만, 머릿속이라 걱정되고 마취에서 무사히 깨어날까 떨린다. 지난번에 수술을 완전히 마무리하지 못 해서 재수술을 하게 되었다. 수술 후 구안와사가 와서 고생했었다.

그녀 집에 가면 항상 밥은 먹었는지 묻고 언제라도 금방 맛있는 음식이 나온다. 따뜻한 마음, 음식솜씨, 노력, 승부욕 등 다방면으로 뛰어났다. 무슨 인복으로 이렇게 좋은 친구를 만나게 되었을까! 그녀는 전생에 나에게 무슨 빚을 졌길래 이렇게 잘할까? 어떻게 남의 일을 이토록 헌신적으로 해준단 말인가. 친구는 가끔 우리의 만남을 회고하며 말한다.

"우리는 참, 뜻밖에 우습게 만났지? C는 나빴지만, 모두 C 덕택이지?"

그녀는 때때로 자기가 착하지 않다고 한다. 왜 그렇게 말하는지 몹시 궁금하다. 그녀가 어떤 잘못을 했든 난 상관없다고 말해주었다. 친구가 내게 베푼 걸 한 번에 다 갚을 수는 없으니 오래 살아서 갚을 기회를 주었으면 좋겠다.

***
민망한 기억

손자 생일에 무엇이 제일 좋을까 궁리하다 《Lion King》 공연 표를 선물하기로 했다. 9살밖에 안 된 손자가 혼자 들어갈 수 없기에 딸 부부와 함께 가라고 3장을 샀고 5살 이상만 입장이 허용되어 갈 수 없는 4살 난 손녀는 내가 돌봐 주기로 했다. 딸아이는 집에 혼자 남을 아이가 마음에 걸렸는지 함께 맨해튼에 나가서 어린이 박물관에 데려가 달라고 부탁했다. 맨해튼에서 헤어질 때 손녀딸은 예상외로 쉽게 부모와 오빠하고 헤어졌다. 브로드웨이 쇼가 끝날 때쯤 어디서 만날까 하다 좋은 생각이 반짝 떠올랐다. 오늘 저녁은 어차피 외식해야 하니 로어 맨해튼에 가서 영어가 서툰 이탈리아 사람이 운영하는 식당에서 진짜 이탈리아 음식을 맛 보여주고 싶었다. 딸에게 전화하니 라이언 킹이 방금 끝났다고 했다.

"오늘은 내가 아는 레스토랑에서 외식하면 어떻겠니? 로어 맨해튼에 있으니 차는 그대로 놔두고 지하철을 이용하자. 42가 타임스퀘어역 안 Sshuttle에서 만나면 그곳은 덜 붐비니까 쉽게 만날 수 있어. 나는 96가에 있으니 지금 지하철로 내려갈게."

딸 부부가 도착했을 때마침 셔틀이 멈춰 있었다. 사위가 급히 타라고 손짓했다. 사위는 구글을 이용한 실시간 지도를 보고 있었다.

"S를 타면 그랜드 센트럴로 가서 또 한 번 6을 타야 하니, 여기서 조금 걸어가다 층계를 내려가면 F가 있는데 레스토랑 제일 가까운 곳에 내려. 우리 F를 타고 가자."

나는 자신있게 주장했다. 할머니가 복잡한 지하철 길을 잘 안다고 딸로부터 칭찬받고 우쭐했다. 하지만 기다리는 F 트레인은 오지 않았다. 한참 기다린 후에야 오늘은 F 트레인이 공사로 인해 이곳을 지나지 않는다는 방송을 들었다. 가끔 토요일에는 불규칙적으로 운행한다는 것이 생각났다. 처음부터 사위가 하자는 대로 했으면 좋았을 걸 그랬다고 후회했다. 기다리다 이미 조금은 지쳐 있었다. 다시 올라가 셔틀 타자고 사위가 제안했지만, 되돌아가는 것이 싫어 무조건 싫다고 했다.

"그럼, 이곳에서 D를 타고 West 4에서 내려 다시 Blue line인 A, C를 찾아 갈아타야 하고 Fulton에 내려 J를 타야 하는데, 여러 번 갈아타도 괜찮으세요?"

사위가 미간을 찌푸리며 스마트폰에서 눈도 떼지 않고 물어보았다. 나는 고집스럽게 그렇게 하라고 했다. 정상적으로 F가 운행했을 경우 Houston Street와 Bowery에서 내려 2~3분 걷고 길을 건너면 Prince Street이다. 거기서 두 블록만 가서 좌회전하면 Mott Street이고 왼쪽에 찾는 레스토랑이 있는데, 이 간단한 일에 예상치 않은 변수가 생긴 것이다. 길을 찾느라 걸음걸이가 빨라진 사위를 죄인처럼 쫓아갔다. 어린이 박물관에서 신나게 놀아 피곤한 손녀는 다리 아프니 안아 달라고 보채기 시작했다.

"엄마, 그이 말대로 처음부터 셔틀 탔으면 좋았을 텐데…."

지친 딸이 푸념을 했다. 손자가 딸 손에 끌리듯이 걷고 있었다.

아무 대꾸도 못 하고, 무거운 손녀를 한 손으로 안고 또 다른 손으로는 스마트폰을 보면서 이리저리 길을 찾는 사위 뒤를 미안한 심정으로 따랐다. Fulton에서 내려 J 선을 타려고 했지만, 오래된 역이라 찾는 데 아주 힘들었다. J 선 화살표대로 따라가면 내려가라 했고 내려가면 다시 올라가라 했다. 게다가 손녀딸이 사위 가슴팍에서 잠까지 들었다. 사위가 자는 아이를 안고 앞장서서 이곳저곳 J 선을 찾으러 다니는 것을 보니 피할 수 있으면 그 순간을 피하고 싶었다. 겨우 J 선을 찾아 탔다.

"어느 역에서 내리는지 아세요?"

사위 질문에 대답을 못했다.

"J 선에서는 모르는데."

지하철 선에 따라 역 입구가 틀리고 역이름도 틀리기 때문이다. 나는 일순간에 똑똑한 할머니에서 내려야 할 역이름도 제대로 모르는 할머니가 되어 버렸다. 사위의 뒤통수만 보면서 꽁무니를 따랐다. 그사이 레스토랑에 두 번이나 전화해 예약 시간을 늦추어야 했다. 내가 젊은 사람 못지않다는 것을 자랑하려다 모두를 고생시켰다. 온 가족이 지칠 대로 지친 후에서야 레스토랑 의자에 앉을 수 있었다.

레스토랑 분위기는 아늑했다. 직원들은 우리의 고생을 느꼈는지 반갑게 맞아주었다. 제일 좋은 위치로 자리를 마련해 놓아 기분이 좀 풀렸다. 사위 품에서 잠든 손녀가 그때까지 일어나지 않아서 딸이 사위 입에 음식을 넣어주어야 했다. 미각이 뛰어난 사위는 음식을 잘하는 집이라고 했다. 조그만 생일 케이크에 꽂힌 촛불을 불어 끄고 축하 노래까지 한 후에야 손자의 생일 파티는 막을 내렸다. 음식이 맛있어서 다행이었다. 하지만 우리는 힘들게 왔던 길을 되돌아 가야 했다.

***

화가를 꿈꾸며

우리 집 거실에는 모딜리아니의 초상화 한 점이 오랜 세월 동안 같은 장소에 걸려 있다. 물론 진품은 아니다. 둘째 딸이 5학년 때 복사한 그림이다. 모딜리아니 그림은 복사가 쉬워 모사품이 많다고 한다.

어느 날, 딸이 다니는 학교에서 은행이 후원한 그림 그리기 대회가 있었다. 딸 그림은 원본처럼 색채감이 좋다는 칭찬과 함께 상을 받았다. 그림은 한동안 은행에 전시되었고 우리 부부는 기뻐서 딸의 그림을 보기 위해 일부러 그 은행에 갔다. 남편은 그 후 혼자서도 몇 번이나 들렀다 오곤 했다. 그림은 한참 후에야 본인에게 돌아왔다.

나는 가구나 그림은 한 번 위치를 정하면 잘 바꾸지 않는 편이다. 처음에 정한 자리가 대체로 제일 마음에 들어서 움직이지 않게 된다. 위치를 정하기까지는 신중하게 생각해 시간이 걸리지만 자꾸 보아도 거슬리지 않으면 그 자리가 맞는 장소라고 생각했다. 다르게 배치해 볼까 싶다가도 새로운 장소가 확신이 설 때까지는 웬만해서는 바꾸지 않는다. 현관문을 열고 층계를 몇 계단 올라가면 오른쪽에는 모딜리아니의 초상화 복사본이 얌전하게 걸려 있다. 왼쪽 벽에는 브루클린 다리 등 도시의 풍경을 흑백으로 찍은 사진들이 위대한 예술 작품처럼 벽면을 가득 채우고 있다. 둘째 딸은 음악, 그림 등 예능에 재능을 가지고 있다.

뉴욕에 사는 큰 장점 중의 하나는 메트로폴리탄, 구겐하임, 모마, 휘트니 등의 크고 유명한 미술관을 마음만 먹으면 쉽게 갈 수 있는 것이다. 자그마하면서 특색이 있는 박물관도 많이 있다. 나는 열일곱 명 정도 모이는 박물관 동호회에 속해 있다. 동호회는 봄학기 세 번, 가을학기 세 번 회원과 함께 박물관을 방문하는데 벌써 여러 해 됐다. 서양미술사를 전공하고 대학에서 강의하는 선생님이 함께하며 설명해 주시니 작품의 의미와 배경을 이해하는 데 도움이 된다. 자칫 그룹으로 몰려다니며 다른 손님들에게 실례가 될까 봐 Whisper까지 지참하면서 열심히 듣는다.

지난 금요일은 예정이었던 구겐하임 박물관을 방문했다. 그곳에서는 한국 특별전을 하고 있었다. 백남준 전시회 이후 12년 만이다. 60~70년대 실험작가 29명의 작품이 전시되었다. 그들은 군사 독재정권이 억압하던 시절에 기존의 예술 관념이나 형식을 부정하고 새롭고 혁신적 예술을 주장하였다. 프랑스의 아방가르드를 본떠서 '한국의 AGAvant-Garde그룹'이라고 했다. 당대 미술가들은 첨단적인 활동을 하여 문제성을 제기하기도 하면서 세상에 저항한 전위파다. 정강자의 〈Kiss me〉, 〈투명 풍선과 누드〉 등의 작품이 그 예라고 할 수 있다. 당시는 상식적인 것에서 벗어난 예술이었겠지만, 요즘 시각으로는 그다지 혁신적인 작품으로 보이지 않았다. 그동안 자극적인 것을 자주 보아왔기 때문일 것이다.

이들 실험미술 작품은 보수적인 미술계에서 이게 작품이냐며 외면받았고, 작가들은 시쳇말로 '또라이'라고 비하되었다. 허접한 물건들이 예술 작품으로 바뀌었지만, 그들의 전위 작품은 실을 공간이 없었다. 정강자 작품은 신중현 카페나 가면 볼 수 있었고 오래전에 발행됐던 주간지인《선데이 서울》스캔들 난에 실리기도 했다.《선데이 서울》은 최초의 성인용 주간 오락 잡지이며, 강렬한 컬러사진과 광고로 유명했다. 거기라도 실리지 않으면 설 자리가 없었다. 종로경찰서에 잡혀가야 신문에 대서특

필로 실려 대중에게 알릴 수 있었다고 한다. 괄시받았던 예술가들의 작품이 구겐하임미술관에 진출해 전시될 것을 그 당시엔 어찌 알았겠는가. 상상도 못 했을 것이다. 현재 생존해 계신 화가는 영예롭고 기쁠 것이고 이미 고인이 되신 분은 이 세상에 안 계시니 더욱 값지다.

 어떤 음악가는 가는 곳마다 음악을 끄고 소리를 없앤다고 한다. 어느 날 미술을 전공한 후배 집에 갔는데 벽에 그림이나 사진이 없이 흰 벽으로만 되어 있었다. 예술가들은 독특하다 못해 종종 괴짜로 여겨진다. 박물관에서 모딜리아니 그림을 볼 때면 둘째 딸을 생각하게 된다. 태어나면서 자유분방한 유전인자를 가지고 나왔는지 성격이 유난히 나와 안 맞았다. 창의력이 좋고 예술적인 면은 내 능력 밖이었다. 아이의 생각을 이해하기 힘들었고 마음대로 되지 않았다. 나는 단정한 것을 좋아하지만, 딸은 흐트러져 있어도 별로 개의치 않았다. 여유가 없는 내 마음은 매번 딸에게 주의를 주는 걸로 표출됐다. 하굣길에 재킷을 벗어 들고 마치 온 거리를 쓸듯 걸어오는 딸을 보며 개켜 들고 오라고 몇 번이나 지적했지만, 듣지 않았다. 전통적인 잣대로 딸의 자유로운 영혼에 사방으로 네모난 금을 그어 놓았고 그어 놓은 금기의 선을 넘지 말라고 강요했다. 미국의 자유로운 문화를 접하며 사는 아이에게 어른의 생각만을 고집하는 답답한 엄마 말에 딸은 아예 귀를 막고 내면을 숨긴 채, 자기 생각 표현하는 걸 꺼렸을 것이다. 오히려 딸이 엄마 때문에 괴로워서 아예 마음의 문을 닫았을 수도 있다.

벽에 걸려 있는 딸의 작품은 언제 봐도 싫증이 안 난다. 둘째 딸이 미술을 전공했더라면 어땠을까 상상해 본다. 내가 화가였거나 그림에 대해서 조금이라도 이해했다면 화가의 길을 가도록 재능을 키워 주었을 것이고, 내가 음악가였다면 음악가로서의 가는 길을 제시해 주었을 것이다. 그저 장래에 안전하게 살 수 있는 길로만 이끌었다. 지금은 과학자로서 실험실에서 연구하고 있는 딸을 보며 자기가 좋아하는 최상의 길은 아닐 것 같다는 미안함이 들기도 한다. 미술이나 음악을 했으면 더 크게 능력을 발휘했을지도 모를 일이다.

우리집에는 딸이 그린 그림 외에도 친척이 그린 그림, 지인의 딸이 그린 그림 등이 걸려 있다. 그것들을 내려놓지 않으면, 뒤늦게 시작해 그린 내 그림을 걸 공간은 없다. 그 그림을 능가할 실력을 갖춘다면 우리 집 벽도 변신을 꾀할 것이다.

****
고래를 만나다

오늘 날씨는 선선한 추석 날씨 같다. 나는 좋아하는 날씨를 표현할 땐 추석 날씨 같다고 한다. 무르익은 가을날의 단풍도 좋아하지만, 여름의 더운 기운이 막 가시고 맑고 높은 청명한 하늘을 좋아한다. 가족들과 함께 일주일간 여행을 다녀왔다. 뒷마당에 나가보니 잔디는 푸르렀고 키가 큰 뽕나무가 내어 주는 그늘은 더욱 짙게 느껴졌다. 며칠 지나는 동안에 사과나무의 사과는 더 붉어졌다. 풀밭에는 사과 몇 개가 떨어져 있었고 다람쥐가 조금 베어먹은 자국이 운치를 더해주었다.

나는 사과나무 아래 놓인 라운지 의자에 앉는 걸 즐긴다. 사과나무 키가 그리 크지 않아 사과가 매달리면 가지가 휘어져 내가 앉아 있는 자리 위로 드리워지는데, 그게 마음에 든다. 그늘에 앉아 있으면 건조한 마음이 낭만적으로 변한다. 뒤뜰에는 모양 좋게 잘 가꾸진 못했으나 깻잎, 토마토, 고추, 부추 등이 자라는 걸 볼 수 있는 텃밭도 있다. 아무 사고 없이 집으로 돌아와 라운지 의자에서 책을 읽고 생각할 수 있다는 게 새삼 소중하고 감사하다.

Cape Cod에서 머무는 동안 모든 가족이 함께 자전거를 탔다. 생전 자전거를 타본 적이 없지만, 혼자만 빠지기가 뭐해서 요즘 인기 있는 전동 세발자전거를 빌렸다. 두발자전거보다 안전하다고 해서 마음 놓고 탔는데, 두 번씩이나 나동그라졌다. 하얗게 된 내 얼굴을 보고 의사인 사돈은 맥을 짚어보았고 넘어졌을 때의 기억이 나는지, 속은 메스껍지 않은지를 물으며 걱정했다. 주변에서 다리를 다쳐 자리보전하며 온몸이 점점 쇠약해져서 고생하시는 분들을 보았기에 평소에 걷다가 넘어지지 않으려고 조심했다. 한데 자전거에서 떨어져 보니 머릿속 혈관이 다치는 게 더 문제라는 것을 깨닫게 되었다.

세 번이나 배를 탔다. 낚싯배를 타고 농어를 잡았다. 요트를 빌려 우리가 직접 운전해 원하는 곳에 정박해서 닻을 내리고 자유롭게 보내기도 했다. 고래를 보러 가는 배도 탔다.
고래를 구경하러 가는 곳은 배로 한 시간 반 정도 걸렸다. 바다는 시퍼렇기도 했고 때로는 깊은 검은색을 띠었다. 바다 냄새를 맡으면서 하늘의 구름도 보았다. 배의 후미에 앉아서 바닷물이 양쪽으로 갈라지면서 가끔은 비행기 모형처럼 되고 그러다가 물살이 왼쪽으로 쏠리는 풍광을 즐겼다. 바다에 설레던 마음이 가시고 지루할 때쯤 고래들이 많이 나온다는 장소에 도달했다.

망망대해에는 여기저기에 조그만 돛단배와 사람들이 가득 찬 큰 배가 여러 척 떠 있었다. 'Whale watching boat guide'는 다섯 살 때 고래를 처음 보았고 커서는 오랫동안 그 일을 해왔다고 했다. 그녀는 물 위로 쑥 올라온 고래를 보고 "나일이구나" 했다. 우리가 강아지를 보고 이름과 무슨 종인지 구별하듯 그녀는 고래 꼬리의 색깔과 무늬를 보고 구별했다. 하얀색도 있고 얼룩덜룩한 줄무늬도 있었다. 어미 고래는 새끼 고래가 태어나면 하루에 100파운드씩 늘어나는 새끼를 먹이고 돌본다. 고래도 사춘기가 되면 엄마 말을 안 듣고 어른이 되면 부모 곁을 떠난 후 돌아오지 않는다고 설명했다.

독일에서 온 사돈은 고래 구경 간다는 계획을 듣고 『모비딕 Moby Dick』을 읽기 시작했다. 나도 오래전에 『백경』이라고 번역된 책을 읽었지만, 많은 부분을 세세히 기억하지는 못한다. 당시 좋은 책이라 해서 읽었는데, 읽고 나서는 그리 유쾌한 느낌을 주는 책이 아니어서 다시 읽고 싶지는 않았다.

장편은 읽다 보면 재미있는 부분도 있고 지루한 부분도 있다. 20대 젊은 시절에 읽었고 한국에 살면서 읽었으니, 이해를 못 했던 부분이 꽤 있었다. 특히 소설 속 'Moby Dick'이란 고래 이름이 이해가 안 되었다. 그저 책에 나오는 사람 이름처럼 Moby Dick이란 이름을 붙인 고래라고 생각했다. 그리고 그 고래를 어떻게 알아보고 잡으러 다녔는지도 이해가 안 갔다. 이번 여행에서 모든 고래가 각각 이름을 가진 것을 알았다. 인터넷으로 이 책에 관해 찾아보았더니 요즘 인기 있는 커피숍 스타벅스의 어원은 이 책의 등장인물 중 하나인 일등항해사 스타벅에서 따온 것이라 한다. 그는 모험을 좋아하고 도전을 하지만 누군가가 희생되는 것을 원치 않는 선을 지키는 존경스러운 인물이어서다.

난 지금도 많은 것을 배운다. 요트를 타고 물이 얕고 수초가 있는 아름다운 곳에 가서야 작년에 읽었던 『가재가 노래하는 곳 Where the Crawdads sing by Delia Owens』이라는 소설에서 상상만 했던 장소를 실제로 가본 듯 실감할 수 있었다. 낚시를 하면서 미끼를 따 먹다 걸려 버둥거리는 농어를 보며 앞으로는 생선을 먹지 말까를 생각할 정도로 그 모습이 비참해 보였다.

『모비딕』은 인간의 어리석은 본성을 준엄하게 비판하는 내용으로 자연에 무모하게 도전했다 자멸하는 인간을 통해 인간 오만의 최후를 보여주며 인간의 오만함을 비판한 소설이라고 한다.

고래가 초대한 것도 아닌데, 매일 몇 척의 배가 많은 사람을 신

고 온다. 아무리 넓은 바다라고 해도 그 배에서 뿜어져 나오는
매연이 고래들에게 괜찮을까 걱정되었다. 하지만 미국에 살면
서, 미국을 배경으로 한 소설책을 읽고 잘 이해하지 못했던 부분
을 늦게나마 완전히 이해하게 되어 기분 좋았다. 그것만으로도
월척이었다.

***
정만진

칠십이 다 되어 글쓰기를 시작했다. 늦깎이가 고희 기념 자전 에세이 『LNG와 함께한 山水有情 人間有愛』를 출간한 지도 어느새 다섯 해가 지났다. 평생 엔지니어로 살아온 사람의 딱딱한 글을 촉촉하고 말랑해지도록 지도해 주신 박 선생님과의 인연도 어언 십여 년이 되어간다. 돌이켜 보면 모든 게 감사하고 소중하다. 각기 자신이 지나온 삶을 나누고 공감했던 문우들이 있었기에 칠인 칠색의 작품집을 만들 수 있게 되었다. 어떤 책이 나올지 벌써부터 기대된다. 아직도 문재文才가 매우 부족하지만, 더욱 정진하겠다는 각오를 다시 한번 마음에 새겨본다.

***

새장골의 여름

내 고향 새장골은 마을 모양새가 새장과 같다 하여 붙여진 이름이다. 초가집과 기와집 30여 호가 옹기종기 모여 정답게 살던 마을 입구에는 백년 넘은 커다란 느티나무가 있었다. 마을회관이 없던 시절, 나무가 만들어 준 시원한 그늘은 동네 사람들의 사랑방 역할을 해 주었다. 그 나무는 논과 밭이 펼쳐져 있는 연신내 냇가에 있었는데, 제법 큰 평상이 놓여 있어 여름에 들일을 하시던 어른들이 잠시 쉬며 땀을 식히기도 하고, 새참이나 점심을 드시던 장소이기도 했다. 우리 개구쟁이들도 항상 느티나무 주변을 맴돌며 구슬치기와 딱지치기를 하곤 했다.

지하철 3호선 연신내역은 문산으로 가는 신작로인 국도 1호선과 연신내가 만나는 곳에 있던 큰 다리 근처이며 오래전에 복개覆蓋한 후 도로로 만들었기 때문에 지금은 연신내를 볼 수 없어 아쉽다. 새장골은 연신내역에서 북한산 자락으로 20분 정도 올라가는 곳에 있었다. 항상 맑은 물이 넉넉하게 흐르는 내였기에 한여름 더울 때는 친구들이 모여 돌을 주워다 연신내를 막아 풀장을 만든 후 발가벗고 헤엄을 치면서 밤낮 없이 물놀이를 하고 놀았다. 어른들도 뙤약볕에서 온종일 힘든 농사일을 마치면 이곳에서 멱을 감고 더위를 식혔다.

둑을 쌓으면 물고기가 많이 모여들어 손으로 붕어와 가재를 잡았다. 그때는 그물이 흔치 않아서 싸리나무로 엮은 삼태기로 잡기도 했는데, 그물보다 무겁고 엉성해서 물고기를 놓쳤던 기억이 난다. 물놀이를 하다 보면 크고 작은 사고가 자주 발생했다. 다이빙을 한다고 냇가에서 호기롭게 뛰어들었다가 머리가 바닥에 부딪혀 깨지기도 하고, 흘러 내려온 유리 조각이나 날카로운 금속 조각들을 밟아 발바닥에 상처를 입고 고생한 친구들도 있었다.

1960년대 초반, 시내버스도 주택지 개발을 막 시작한 불광동까지만 운행하던 시절에 녹번동에 있는 은평국민학교에 다녔는데, 학교에 가려면 불광동 고개와 녹번동 고개를 넘어가야 했다. 여름철 오후 하굣길은 나병 환자들이 어린이를 잡아간다는 풍문 때문에 늘 뛰어서 집에 오느라 땀을 많이 흘렸기 때문에 우리가 만들어 놓은 풀장은 없어서는 안 될 소중한 아지트였다. 부모님께 어렵게 얻어 낸 용돈이나 모아둔 빈 병과 바꿔 먹던 아이스케키의 시원한 맛을 생각하면 지금도 웃음이 절로 나온다. 요즘 나오는 고급스러운 아이스크림과 비교하면 불량식품이겠지만, 더위를 식혀주던 그 맛은 참으로 일품이었다.

여름밤이면 과수원에 몰래 들어가 친구들과 같이 사과와 자두랑 복숭아 서리를 하던 추억도 잊을 수 없다. 그날의 복장은 좀 넉넉한 러닝셔츠를 입은 다음 허리끈을 바짝 동여맨 차림이었다. 그래야만 러닝셔츠 속으로 집어넣은 과일들이 밑으로 빠지지 않기 때문이다. 사과와 자두는 맨살에 닿아도 문제가 없지만, 복숭아는 털이 있어서 러닝셔츠를 털고 헤엄을 치면서 목욕을 여러 번 해도 가려운 것이 좀처럼 가시지 않았다.

"꼬리가 길면 잡힌다"라는 속담처럼 한두 번은 성공했으나 그 맛을 잊을 수가 없어서 여러 번 다시 들어가다 보니 결국에는 주인한테 잡혀서 치도곤을 당했다. 돌이켜 생각해 보니 너무 죄송한데, 철없던 시절에는 서리가 그렇게 나쁜 놀이라는 것을 생각지 못했다.

그 시절에는 사람이 죽으면 마을 뒷산 장지까지 상여로 모시고 갔다. 상여는 마을의 젊은이들이 메고 갔다. 그래서 우리는 나중에 과수원 주인아저씨가 죽어도 절대로 상여를 매주지 말자고 다짐하곤 했다. 60년이 지난 지금의 장례문화를 생각해 보면 참으로 순수하고 황당한 복수심의 표현이었던 것 같다.

지금은 갈현동이라 불리는 박석고개로 넘어가던 뒷산 꼭대기에는 마을의 수호신을 모셨던 서낭당과 꽃상여를 보관하던 집이 있었다. 정초가 되면 동네 사람들이 모여서 마을의 안녕과 풍년을 비는 대동굿을 드리곤 했는데, 큰 소나무들이 빽빽한 그곳은 음침하고 인적이 드문 곳이어서 한낮에도 웬만큼 담이 크지 않으면 지나갈 엄두를 내지 못하던 곳이었다. 하지만 여름밤에는 중학교에 다니는 형들이 우리들의 담력을 길러준다는 구실로 그곳으로 데리고 가서 술래잡기도 시키고, 서낭당을 돌아오는 경주도 시켰는데 영화 '월하의 공동묘지'를 보는 것만큼 무서웠던 기억이 지금도 생생하다.

요즘 아이들은 온통 아스팔트와 시멘트로 포장해서 맨땅을 찾아보기가 힘든 세상에 살고 있다. 그래서 주위 환경이 예전보다 나아졌는지는 몰라도 정서적으로는 옛날만 못하다는 생각이 든다. 대부분 학교가 엎어지면 코 닿을 정도로 집과 가까운 곳에 있고, School Bus를 이용하기 때문에 등 하교는 편할지 모르겠으나 흙을 밟고 걷는 추억을 못 만들어 아쉽다. 오랜 세월이 흐른 지금도 배가 고프면 남의 밭에서 무를 뽑아먹고, 오이나 토마토도 따 먹으면서 친구들과 정답게 다니던 하굣길 추억이 그립다.

은퇴 후 아내를 도와 네 살짜리 손자와 십 개월짜리 손녀를 돌보며 지난날 일 하느라 자식들에게 표현하지 못했던 정을 쏟고 있다. 손주들이 좀 더 크면 나오는 달리 대형 워터파크에서 멋진 슬라이드를 타며 신나게 물놀이를 할 것이다. 하지만 주립공원 State Park 오솔길도 걸어보고 계곡에 맨발로 들어가서 가재도 잡으면서 할아버지의 어린 시절 추억을 들려주며 자연의 소중함을 가르쳐 주고 싶다.

내 나이 어느새 칠순이다. 지나온 삶보다 살아갈 날이 훨씬 짧을 것이다. 휴스턴을 제2의 고향으로 삼고 산 지 14년이 흘렀는데도, 60년 전 연신내에서 발가벗고 물장구치며 신나게 뛰어놀던 동심으로 돌아가고픈 마음이 간절하다. 고향의 정겨운 모습은 이미 흔적도 없이 사라졌지만, 눈을 감으면 어제 일처럼 펼쳐지는 내 고향 새장골의 여름 추억들, 그 중심에 서 있던 개구쟁이 불알친구들이 오늘따라 사무치게 그립다.

***

추억 속의 한강 에어쇼

이번 국군의 날은 북핵 문제로 야기된 한반도 긴장 상황이 군사적 충돌로 이어지지 않고 평화적으로 해결되기를 바라는 마음이 어느 때보다 간절했다. 군 복무 중, 국군의 날 열병식에 참여하는 특별한 경험을 했다. 대공포 부대 운전병이었던 나는 포차 여러 대가 나란히 열과 오를 맞춰 일정 속도로 움직이는 훈련을 반복하느라 지치고 힘들었지만, 행사 당일 여의도와 시청 앞 광장에서 열렬히 환호하는 시민들을 보면서 대한민국 군인으로서의 자긍심을 가질 수 있었다. 인터넷 뉴스에 올려진 건군 69주년 국군의 날 기념식 에어쇼를 보다가 유년의 기억이 주마등처럼 머리를 스치고 지나갔다.

1960년대 초반, 국군의 날이 되면 한강에서 에어쇼가 열렸다. 한강 상공에서 벌어진 에어쇼는 서울 시민에게 특별한 볼거리였다. 아침 일찍부터 한강 인도교 주변에는 에어쇼를 보러 온 수많은 인파로 발 디딜 틈 없이 꽉 들어찼다. 좀 더 가까운 곳에서 비행기를 보려고 이른 아침부터 모여들었기 때문이다. 우리 가족은 연신내를 따라 북한산 쪽으로 조금 가면 30여 호가 모여있는 새장골이라는 마을에 살았다. 시내버스는 불광동까지만 운행되어서 서울 시내를 가려면 고개 하나를 넘어야 했고, 불광동에는 학교가 없어서 녹번동에 있는 은평국민학교에 다녀야 했다. 주변 환경이 열악했던 시절 아버지는 먼 길을 마다치 않고 두 번이나 에어쇼에 데리고 가셨다. 지금도 에어쇼를 처음 봤을 때의 감동과 아버지를 잃어버려 두렵고 막막했던 추억이 떠오를 때면 심장이 두근거린다.

에어쇼는 여러 기종의 비행기들이 편대를 이루어 인도교 상공을 차례로 지나가며 관중들에게 인사하는 공중분열로 시작된다. 다음에는 오색 연막을 뿜으며 빠르게 나타난 곡예 비행기 편대가 인도교 상공에서 하늘 높이 솟아올라 원을 그리기도 하고, 서로 부딪힐 듯이 스쳐 가기도 하면서 보는 이의 손에 땀을 쥐게 했다. 곤두박질치던 비행기가 아슬아슬하게 다시 솟구치면 군중들도 모두 '후유~' 하고 안도의 탄성을 질렀다. 또한 한강 백사장에 설치한 목표물에 로켓탄을 명중시키며 우리 공군의 믿음직한 모습도 보여주었다. L-19 경비행기가 한강 인도교 다리 밑으로 통과한다는 묘기는 끝내 보지 못했지만, 보고 싶었던 비행기를 마음껏 볼 수 있어 좋았다. 거대한 수송기에서 낙하산을 타고 백사장으로 뛰어내리던 공수특전단 베레모 아저씨들의 멋진 모습을 보며 나도 이다음에 크면 공군이 되겠다고 다짐했었다.

두 번째 에어쇼를 보러 갔을 때 아버지를 잃어버렸다. 행사가 끝난 후 교통통제로 인해 버스가 바로 다니지 못했고, 설령 버스가 온다 해도 많은 사람이 한꺼번에 몰려 탈 수도 없었다. 그래서 서울역까지 걸어가 동네로 가는 버스를 이용하려는 인파가 한꺼번에 거리로 쏟아져 나왔다. 그 틈에 끼어 걷다가 잠시 한눈을 파는 사이 삼각지 어디쯤에선가 아버지와 멀어지고 말았다. 국민학교 6학년이었던 나는 눈앞이 캄캄했다. 아버지를 찾기 위해 잰걸음으로 남영동을 지나 서울역까지 달려갔다. 아들을 잃어버리고 낙심하고 계실 아버지를 생각하니 마음이 아팠지만, 어린 마음에도 아버지를 만날 수 있는 곳은 서울역에서 불광동으로 가는 버스 정류장밖에 없다는 생각에 해 질 무렵까지 마냥 서서 기다렸다. 어느덧 석양이 뉘엿뉘엿 만리동 고개를 넘어가 광장에 어둠이 깔릴 때까지도 아버지는 오지 않았다. 지금처럼 휴대전화가 있던 시절이 아니어서 답답하고 불안한 마음만 가득했다. 염천교 다리 밑에는 먼 길을 달려온 철마들이 하나둘 지친 몸을 추슬러 차고로 들어가 철길은 한산해졌고, 거리의 사람들도 모두 떠났다. 성격이 무척 소심했던 나는 버스를 기다리던 어른들에게 버스비 좀 도와달라는 얘기를 차마 하지 못했다. 나중에 알고 보니 아버지는 내가 집으로 갔겠거니 생각하고 서둘러 집으로 가신 것이었다. 하지만 집에 가보니 없어서 내가 밤늦게 도착할 때까지 온 가족이 마음을 졸이며 기다리고 있었다. 내가 선택할 수 있는 한 가지 방법은 허기진 배를 움켜쥐고 집까지 걸어가는 것뿐이었다. 집까지의 거리는 짐작이 안 됐지만, 가는 큰길은 대강 알 것 같았다. 서대문 사거리를 지나 독립문 앞까지 걸어갔다. 어린 눈에 무악재가 얼마나 높아 보이던지 땀을 뻘뻘 흘리며 힘들게 넘었다. 무악재를 넘으면 홍제동이다. 홍제 천변에 극장이 있었는데《돌아오지 않는 해병》같은 반공 영화들을 단체로 관람하던 반가운 곳이었다. 극장 앞을 지나 고개를 하나 더 넘어서 녹번동에 도착했다. 내가 매일 오가는 반가운 은평국민학교에 도착하니 집에 다 온 것처럼 안심이 되었다. 조금만 더 가면 가족들과 만날 수 있다고 생각하니 긴장이 풀리고 허기도 몰려왔으나, 단숨에 집으로 달려가 어머니 품에 안겨 서럽게 울었던 기억이 남아있다.

　한강 백사장 에어쇼의 아련한 추억이 떠오를 때마다 비록 나이는 어렸지만 절망하지 않고 밤길을 걸어 가족을 찾아간 나 자신이 기특하다는 생각이 든다. 지난달은 아버지가 돌아가신 10주기였다. 평생 가족을 위해 희생하신 아버지, 봄에는 창경원 벚꽃 구경도 시켜주고 어린 나에게 자전거 타는 법도 가르쳐 주며 당신의 방식대로 삶의 지혜와 EQEmotional Quotient를 키워 주셨던 아버지가 오늘따라 무척 그립다.

***

LNG와 첫 만남

'첫'이라는 말이 들어가는 주제는 많지만, 첫 해외 여행지였던 영국과 LNG와의 첫 만남이 유독 기억에 남는다. 첫사랑, 첫아기, 첫차, 첫눈, 첫 키스, 첫 여행 등의 추억도 물론 있지만, 지난 30여 년을 LNG Specialist로서 뉴 프런티어의 삶을 살게 해 준 인생 전환점이었기 때문이다. 잠시 타임머신을 타고 40년 전 1982년 7월 10일로 돌아가 본다.

구한말 신식 문물을 배우러 구미歐美로 떠났던 신사유람단紳士遊覽團처럼 LNG 관련 기술 습득을 위해 1982년 7월부터 9월까지 삼 개월 동안 런던에 머물렀다. 한국에 LNG를 도입하기 위해

202 · 작가라는 이름으로

서는 인수기지引受基地를 건설해야 하는데 나는 'LNG 저장 탱크'
와 '기계설비' 분야에 대한 설계 및 건설 교육을 받았다.

그 당시는 런던으로 가는 항공기 직항편도 없었고, 비행 루트
도 동서 냉전 시대라서 러시아를 통과하는 서쪽이 아닌 북동쪽
으로 날아갔는데, 미국 알래스카의 앵커리지에서 급유를 하면
서 쉬어 갔다. 연수 단원 십여 명은 해외여행이 처음이라 설렘과
들뜬 마음에 피곤한 줄도 모르고 영화를 보거나 수다를 떨면서
거의 뜬눈으로 지루함을 견뎌냈다. 우리는 삼일간의 긴 여정 끝
에 프랑스 파리를 거쳐서 영국 런던의 히스로 국제공항에 무사
히 도착했다.

이천 년의 유구한 역사를 자랑하는 영국의 수도 런던은 국제
적이고 현대적인 특징과 신사의 나라인 잉글랜드적 특징이 복
합되어 있어 이색적이며, 현대적인 낭만을 두루 갖춘 곳이었다.
영국은 무역, 경제, 정부의 중심인 동시에 유럽 여행을 시작하는
관문이기도 하다.

1980년 초, 한국 정부에서는 1970년대에 발생한 제1, 2차 석
유파동으로 인하여 국제 유가가 상승했을 때, 에너지 다변화 정
책을 수립하여 천연가스인 LNG를 수입하도록 결정했다. 우리나
라에서 소비하는 1차 에너지 중 비중이 큰 발전용 Oil 도입량을
축소하는 대신 공해물질 배출이 적고 안정적인 가격에 공급받

을 수 있는 LNG를 대체 연료로 도입하는 산업 정책이었다.

LNG는 액화천연가스라는 Liquefied Natural Gas의 약자로서 -162℃의 초저온 액체 연료이다. 동남아시아나 중동지역 지하에 가스 상태로 묻혀 있는 천연가스Natural Gas를 LNG 수송선에 실어서 한국으로 가져오기 위해 액체 상태인 LNG로 만든 것이다. 천연가스를 액체인 LNG로 만들면 부피가 1/600로 축소된다.

LNG 인수기지는 수송선이 접안Berthing 할 수 있는 바닷가에 건설하는데, 수송선으로 실어 온 LNG를 받아서 저장 탱크에 저장한 후 기화장치를 이용하여 다시 기체LNG → NG로 변화시키는 곳이다. 현재 한국에는 평택과 인천 등 다섯 군데에서 인수기지가 운영되고 있으며, 기체로 변화시킨 천연가스는 지하에 묻혀 있는 배관망Pipeline Network을 통하여 전국에 있는 화력발전소와 산업체 및 일반 가정에 공급된다.

한국의 천연가스 도입 사업은 인수기지 건설과 주 배관 건설로 나누어 추진됐다. 연간 LNG 200만 톤을 도입할 수 있는 평택기지는 1983년 4월에 착공하여 1986년 12월에 완공했다. 그리고 평택에서 인천까지 가스를 공급하는 고압 주 배관98km과 경인 지역 가스 공급 중압 환상망113km 및 공급 기지 건설도 완료했다.

1986년 10월 31일, 평택 인수기지에 LNG 첫 배1ˢᵗ Ship가 도착했다. 한국도 세계에서 일곱 번째로 LNG를 도입하여 청정연료인 천연가스 시대가 열렸던 거다. 인수기지 시 운전이 완료된 후 질소로 충전되어 있던, 주 배관도 천연가스로 치환하고 운전 압력인 70kg/cm로 가압한 후 1986년 11월 21일 평택화력발전소 및 1986년 12월 9일 인천화력발전소에 발전용 천연가스를 공급했다.

1987년 2월 2일, 수도권 가정에도 천연가스 공급을 개시했다. 그동안 서울에는 1970년대 초부터 LPG/Air 방식과 납사분해 방식의 제조 설비를 통하여 도시가스를 공급하기 시작한 이후, 가정용 연료가 LPGLiquefied Petroleum Gas에서 LNGLiquefied Natural Gas로 바뀌어 연료의 고급화와 함께 한국에도 천연가스 사용 시대가 열린 것이다.

1982년 7월 영국 연수를 시작으로 LNG와 인연을 맺은 후, 평택과 인천 기지 건설과 주 배관 및 수도권 도시가스 공급 환상망 건설에 참여했다. 그 이후 가스 공급설비의 시운전에도 참여하여 가정용 연료였던 연탄과 LPG를 천연가스로 전환하는 데 힘을 보탤 수 있었기에, 지난 삼십여 년간 LNG Specialist로 살아온 삶에 감사한다. 그 당시 겨울이면 안타깝게 들려오던 연탄가스 중독사고와 연탄재 처리 문제를 획기적으로 개선한 점도 큰 보람으로 생각한다.

"신사의 나라"라고 하는 영국은 '앵글로색슨족'의 순수 백인 국가인 줄 알았는데, 대영제국의 식민지로부터 들어온 흑인은 물론 인도 사람들까지 뒤섞여 인종 전시장 같았다. 축축하고 끈적끈적한 런던 안개 때문이겠지만, 햇볕만 쨍쨍 나면 공원 잔디밭은 수영복 차림의 남녀로 가득 찬다. 동양에서 온 이방인의 눈에는 풍기 문란 수준이었다. 하지만 조그만 호의에도 하루에도 몇 번씩 땡큐를 연발하며 고마움을 표시할 줄 알고, 보수주의 경향으로 옛것을 고집하며 인도는 넓으나 차도는 이 차선으로 교통체증이 심각해도 옛것을 지키려고 도로를 넓히지 않는 융통성이 없는 이 나라가 왠지 배울 점이 많다고 느꼈던 추억도 떠오른다.

나는 공기업인 한국전력과 가스공사에서 사십여 년간 근무하면서 한국의 전기산업과 가스산업 발전에 이바지한 기계 기술자였다. 그중 후반기 삼십 년은 가스공사에 근무하면서 LNG를 한국에 최초로 공급하는 데 중추적인 역할도 했다. 지금으로부터 사십 년 전, 영국에서 LNG와의 숙명적인 만남이 나의 운명을 바꿔놓았기 때문이다.

거실을 채운 커피 향이 급했던 마음을 여유롭게 한다. 모처럼 햇살이 곱게 퍼지는 책상 앞에 앉아 있으려니 지나온 시간이 파노라마처럼 스쳐 간다. 처음이라는 말은 설렌다. 다시 돌아보아도 가슴 뛰는 일이다.

***

홍합 파스타

새해 각오를 '직접 요리해 보기Self Cooking'로 정했다. 그동안은 의지가 약하다 보니 생각으로만 그치곤 했는데, 더 미루면 안 되겠다는 생각이 들었다. 지난해 친구에게서 들은 얘기가 머릿속을 맴돌았다. 천사 같은 내 아내도 어느 날 당신이 다 알아서 하라는 폭탄선언을 할 수 있겠다는 생각이 들었다. 주위에 혼자되신 어르신들의 안타까운 노후 모습이 나를 부추겼고, 그동안 내조해 준 아내에 대한 고마움도 빨리 표하고 싶었다.

새해를 시작하고도 2월 초순이 되어서야 우드랜드에 살고 있는 친구 집에 갔다. 호의와 함께 기꺼이 주방을 내준 친구가 고마웠다. 두툼한 레시피 묶음을 보여주며 첫 요리로 홍합 파스타를 해보자고 권했다. 그렇게 요리 실습의 첫걸음을 떼었다. 올해 목표는 최소 열 가지 요리를 배워서 아내에게 대접하는 것이다.

친구와 함께 Kroger에 가서 해물 파스타에 들어가는 채소인 양파, 호박, 빨간 피망, 마늘을 샀다. 프라이팬에 채소 볶을 때 같이 넣어 풍미를 올리는 올리브오일에 절인 멸치 캔Flat Anchovies과 백포도주에 조리한 냉동 홍합White Wine & Garlic Mussels도 한 팩씩 샀다. 각각 4인분 용이다. 장을 보는 김에 요리에 필요한 조리 기구도 구매했다. 조리 시간을 잘 맞추기 위한 타이머, 저울, 계량스푼, 계량컵, 강판 및 파스타 계량기 등이다.

홍합 파스타 요리를 시작하기 위해 손을 닦은 후에 채소를 씻었다. 청결은 기본이다. 2인분 양이라 양파, 호박, 피망, 토마토를 모두 반 개1/2씩 잘랐다. 보기 좋은 떡이 맛도 있다는 말이 있다. 정성을 다해 크기가 일정하게 손이 베이지 않도록 조심했다. 생마늘 두 쪽도 으깼다. 다 자른 후 도마 위를 정리하고 보니 빨강 초록 하얀색이 조화를 이뤄 보기가 좋았다. 양파나 토마토를 썰 때 두께를 일정하게 하려면 방사선 방향으로 썰어 조리하라는 조언도 새겼다.

채소 썰기를 마친 후 친구가 써 준 레시피에 따라서 제일 먼저

프라이팬에 으깬 마늘과 올리브오일에 조미된 멸치 캔을 반1/2
만 넣고 가열한 다음 타이머를 6분에 세팅한 후 채소를 볶았다.
스파게티 면을 삶을 냄비에 물을 채워 소금을 넣은 후, 채소볶음
을 시작함과 동시에 끓이기 시작했다. 채소를 볶을 때는 익는 순
서에 따라 호박과 양파를 먼저 넣고 조리한 후에 피망을 넣고 맨
나중에 토마토를 넣었다. 친구도 불안한 마음에 주방을 떠나지
않고 지켜 서서 볶음 채소가 타지 않도록 수시로 전기 오븐 레인
지의 불 조절을 도와주었다.

끓는 물에 스파게티국수 굵기 #7를 넣고 타이머를 8분에 세팅
했다. 1인분이 2온스이므로 저울에 달아서 준비한 4온스를 삶았
다. 이때에도 스파게티를 삶는 시간에 맞춰서 White Wine에 조
리한 냉동 홍합을 녹이기 위한 냄비에도 불을 켜는데 홍합이 벌
어지는 정도를 봐가면서 끓였다. 파스타의 삶아진 정도 파악은
국수 한 가닥을 집어서 끊어 본 후 국수 가운데에 흰색이 없어질
때 불을 끈 후 채에 담아 물기를 빼면 된다. 홍합을 끓일 때 나온
국물은 파스타 위에 부어서 먹으면 간을 맞출 수 있어 좋았다.

마지막으로 처음 해본 요리를 친구와 함께 맛보기 위해 테이
블 세팅을 했다. 알맞게 삶아진 파스타를 식기 전에 접시에 담은
후 볶은 채소를 파스타 위에 얹는다. 데운 홍합은 접시 가장자리
에 보기 좋게 빙 둘러 올려놓는다. 그런 다음에는 기호에 따라서
약간의 샐러드를 얹고 고명으로 강판에 간 Parmesan 치즈를 얹

으면 감칠맛 나는 홍합 파스타 요리가 완성된다. 토스트에 아일 랜드 버터Kerrygold를 발라 먹으면서 White Wine을 곁들이니 금 상첨화였다.

　음식을 하기 위해 걸린 시간은 45분 정도 소요되었다. 태어나 서 처음 해본 홍합 파스타 요리를 끝낸 후에 친구와 같이 시식했 는데 너무 맛이 있어서 흐뭇했다. 우리 부부는 미국에 이십여 년 을 살았으나 치즈가 많이 들어간 오리지널 파스타는 느끼해서 좋아하지 않는다. 하지만 고명으로 올리는 Parmesan 치즈의 양 은 각자의 취향대로 적당히 뿌려 먹으니까 좋았다. 친절하고 세 심하게 가르쳐 준 친구가 고마웠다.

　앞으로는 내가 직접 만든 음식을 아내에게 해 줄 수 있겠다는 자신감으로 기쁘게 집으로 돌아왔다. 아내에게 이틀 후인 수요 일과 토요일에 두 번 서빙했다. 무엇보다도 홍합 파스타 요리는 내가 만든 양념 소스를 사용하는 것이 아니라 멸치에 들어 있는 올리브오일과 White Wine으로 조리한 홍합 국물이 파스타의 감 칠맛을 내는 소스여서 무난했는데, 다음 요리부터는 그 점이 걱 정된다.

　올해는 아내와 한 이불을 덮고 산 지가 44년째 되는 해인데, 내가 직접 정성을 담아 만든 요리를 대접한 건 이번이 처음이다. 화이트 와인이 없어서 레드 와인으로 건배했으나 아내로부터 맛있게 먹었다는 칭찬도 받았다.

어느새 은퇴한 지도 8년이 되었다. 2017년 말에 방영했던 드라마《밥상 차리는 남자》의 주인공인 김갑수가 떠오른다. 믿고 보는 배우라 연기력이 훌륭했지만, 나처럼 평생을 가부장적으로 살아온 주인공이 정년퇴직을 한 날 집에 와서 아내에게 그동안의 수고에 보답하는 의미로 꽃다발과 부부 동반 세계여행 티켓을 내밀었을 때 그동안 현모양처로만 살았던 김미숙으로부터 졸혼 통보를 받던 장면이 압권이었다. 그 후 나처럼 요리를 못 하던 주인공이 밥 짓기는 물론 홀로서기를 위해 좌충우돌하면서 가족애를 되찾아가는 노력에 공감하면서 보던 휴먼 드라마였다.

아직은 걸음마 수준이고 만시지탄이지만, 처음 아내로부터 받아 본 칭찬이라 날아갈 듯이 기뻤다. 늦었지만 나의 조그마한 정성이 서로 의지하며 노후를 같이 하는 우리 부부의 소확행에 보탬이 된다면 더 바랄 것이 없다. 시작이 반이라는 말이 있고, 천리 길도 한 걸음부터라는 자세로 열심히 노력하겠다.

생각만으로도 이미 마음은 봄이다.

***

우리 가락 좋을시고

"덩덩 쿵타쿵, 덩덩 쿵타쿵~"

11월 첫째 주일에 휴스턴성당 한마음 큰 잔치가 열렸다. 바자회에 왔던 손님들이 농악대 풍물패의 상쇠 꽹과리와 징, 장구 및 북가락에 맞춰 덩실덩실 어깨춤을 추었던 흥겨운 모습이 아직도 긴 여운으로 남아있다. 올해는 외국인들도 K-POP, K-CULTURE 덕분에 K-FOOD를 맛보러 많이 찾아와서 코리안 먹거리 장터의 시끌벅적한 사람 냄새도 맡고, 음식도 맛보고 가는 정겨운 축제의 장이 되었다.

내가 처음으로 농악대 풍물패와 만난 것은 유년기에 마을의 안녕과 풍년을 기원하던 '대동굿'에서였다. 해마다 설날 명절이 오면 길일을 잡아 동네잔치를 벌였는데, 어르신들과 아이들은 '농자천하지대본'이라는 깃발을 앞세운 풍물패의 꽹과리와 흥 겨운 장구 가락을 따라서 집집마다 지신밟기를 하면서 동네 한 바퀴를 돌았고, 뒷동산에 있는 서낭당까지 올라갔다. 대동굿이 끝난 후에는 온 동네 사람들이 술과 떡, 음식을 나누어 먹으며 하루를 즐겼다. 어린 나이였지만 풍물패 가락이 무척 흥겨웠던 기억이 지금도 선명하게 남아있다.

풍물風物놀이가 한민족의 정체성을 잘 나타내는 가락이라는 것을 커가면서 알게 되었다. 농경 사회에서 특별한 날이 있을 때 흥을 돋우기 위해 연주하는 음악인데 '농악農樂'이라고도 한다. 기본적으로 꽹과리, 징, 장구, 북, 소고, 태평소 등의 악기를 다루 며 기수깃발 드는 사람, 채상상모 돌리는 사람 등 지역마다 조금씩 변 형된 모습을 하고 있다.

우리 농악단은 십여 명의 인원으로 새로 구성된 풍물패로서 휘몰이와 삼채를 기본으로 해서 짝두름과 오방진 및 진오방진 가락에 맞추어 장터 마당을 신명 나게 돌아다니면서 한마음 큰 잔치에 흥을 돋우었다.

휴스턴성당의 1세대인 '대건농악대'는 30여 년의 역사와 전통 을 자랑한다. 매년 한마음 큰 잔치 바자회가 열릴 때마다 흥을 돋우어 초기 한인 동포들의 정착은 물론 한민족의 정체성을 잃지 않게 서로를 위로하며 고국의 향수를 달래 주던 고마운 풍물패였다. 하지만 대부분 80대로 접어든 1세대 어르신들이 긴 코로나 공백과 함께 은퇴해서 안타까웠는데, 교우들의 열망에 힘입어 십여 명이 다시 뭉쳐서 3개월 정도 연습했다. 대학교 때 풍물패 동아리에서 농악을 했던 부부가 재능 기부를 해주었기에 가능한 일이었다.

나는 10여 명 단원 중에서 제일 연장자였다. 60대도 3명이나 있지만 50대가 주류이고 나머지는 학생들로 구성되어 있었다. 하여, 젊은 단원들보다 가락에 대한 이해도 늦고 순발력이 떨어져서 자주 박자를 놓쳐 중도에서 포기할까도 생각했었다.

악기 하나는 꼭 배워서 은퇴 후의 삶을 즐겁고 풍요롭게 지내고자 기타와 전자오르간을 배우기도 했었다. 하지만 기타는 F코드를 넘지 못해서 포기했고, 전자오르간도 어린이 바이엘 상권을 마치고 하권을 연습하던 중에 지루함을 못 견디어 중도에서 하차했다. 그래서 이번 장구만큼은 꼭 배우겠다는 일념으로 마음을 다잡은 덕분에 늦은 나이에도 장구 치는 모습이 너무 좋았다는 덕담을 들을 수 있었다.

우리나라 최고의 장구 고수는 김덕수 사물놀이패의 리더인 김덕수 씨가 아닐까 싶다. 언젠가 빠른 리듬에 호흡을 맞춰가며 꽹과리, 북, 장구와 징을 신들린 사람처럼 쳐대는 모습을 보면서

부러워한 적이 있었다. 하지만 장구를 치려면 오른손에는 회초리 모양의 열채를 잡고 왼손으로는 막대사탕 모양의 궁채를 잡는데, 초보인 나는 주먹을 쥐듯이 자연스럽게 궁채를 잡는 방법부터가 쉽지 않아서 애를 먹었고 여러 번 교정을 받은 후에야 연습을 제대로 할 수 있었다.

지난 3개월 동안 일주일에 한 번씩 모여서 연습했다. 데뷔 첫 무대인 한마음 큰 잔치 바자회에서 개막을 알리는 길놀이를 목표로 휘몰이, 삼채, 오방진과 진오방진은 물론 인사 굿과 짝두름 및 연결 가락도 앉은 자세에서 열심히 익혔다.

기본 가락을 살펴보면 휘몰이는 "덩 덩 쿵따쿵, 덩 덩 쿵따쿵"인데 '덩'은 궁채와 열채를 동시에 치는 것이고, '쿵'은 궁채를 오른쪽으로 옮겨 가서 혼자 치는 것이며 '따'는 열채를 혼자서 치는 것이다. 상쇄인 꽹과리의 신호에 따라 휘몰이를 반복적으로 빠르게 치면서 놀이마당의 흥을 돋우는 데 가장 중요한 가락이다. 그리고 삼채가락은 "덩 덩 덩따쿵따, 더덩덩기 덩따쿵따, 덩따쿵따 덩따쿵따, 더덩덩기 덩따쿵따"이다. 오방진은 "덩 덩 덩 덩따따, 더더덩 더더덩 덩덩따따, 덩 기닥 따 구궁 따 구궁 따, 덩 다다 덩 다다 덩덩 따따"이며, 진오방진은 "덩 따다 쿵따쿵 따구궁 따 궁 따궁, 덩 따다 쿵따쿵 따구궁 따 궁 따궁"이다. 여기서 '더'나 '기'는 약 박자이다. ㄱ 외에두 짝두름은 "덩 따쿵 덩 따쿵, 덩따 쿵따 쿵따쿵"이고 연결 가락은 "덩 따쿵 쿵따쿵 덩 따쿵 쿵따쿵, 더덩더덩 덩 딱"으로 구성되어 있다. 기본 가락을 모두 익히고 난 후에는 장구를 메고 일렬로 서서 길 놀이하는 연습도 여러 번 반복했다.

고대하던 바자회 날이 밝았다. 한국에서 구입해 온 농악대 단복을 차려입으니 초보 풍물패가 아닌 제법 연륜이 있는 프로들처럼 보였다. 우리는 먹거리 장터 앞에 둥글게 둘러서서 삼채와 휘몰이 및 인사 굿을 시작으로 상쇄 꽹과리의 인도로 오방진을 치면서 장터 안으로 들어가 연결 가락과 휘몰이 치며 골뱅이진을 감은 상태에서 짝두름과 빠른 휘몰이장단을 치면서 흥을 돋우니까 구역별로 음식을 만들고 있던 교우들과 손님들이 열띤 박수로 호응해 주었다. 잠시 더 흥을 더 돋은 후에 오방진 가락에 맞춰 진을 풀면서 친교관 강당으로 들어갔다.

사람으로 가득 찬 친교관을 신명 나게 한 바퀴 돈 후에 무대 앞쪽에서 상쇄가 정해주는 좌우 열로 갈라져서 대오가 정해지면, 휘몰이 가락으로 서로 밀고 당기기를 여러 번 했다. 그 후 진오방진 가락으로 흥을 맘껏 끌어올린 후에 상쇄가 진을 흩트리면 단원들은 제자리에서 빙그르르 돈 후에 일자로 서서 손님들을 향해 인사 굿을 하고 공연의 마침표를 찍었다. 마지막으로 상쇄의 인도에 따라 흥겹게 삼채가락을 치면서 친교관을 빠져나오는 것으로 풍물패 공연을 성공적으로 마칠 수 있었기에 날아갈 듯이 기뻤다.

'인간은 추억을 먹고 산다.' 이제는 나도 유년 시절 흥겨운 가락에 이끌려 쫓아다니던 농악대 풍물패의 고수가 되었다. 이제막 걸음마를 뗀 초보지만 꿈만 같고 자랑스럽다. 그동안 나를 보듬고 격려로 이끌어 준 단장 부부와 단원들이 고맙다. 이제부터는 사물놀이와 민요도 배울 거라고 하니 마음이 더욱 설렌다.

* * *

페루 여행기

쿠스코에서 만난 잉카문명

십 년 전인 2014년 11월, 추수감사절 연휴를 맞아 아내와 함께 페루를 여행했다. 페루 여행은 버킷리스트에 일찌감치 올려놓 았기에 은퇴 후에 가보려 했으나, 그해 8월 인기리에 방영된 "꽃 보다 청춘 페루 편"을 보고 쿠스코Cuzco와 마추픽추Machu Picchu 여행계획을 앞당기게 되었다.

휴스턴에서 United Airlines 직항편을 타고 7시간 만에 페루 의 수도 리마에 도착했다. 잉카 제국의 수도였던 쿠스코Cuzco 는 다음 날 아침 국내선 비행기를 타고 갔다. 쿠스코는 해발고도

3,400m에 위치한 고산지대로서 도시 전체가 안데스산맥을 끼고 있어 사시사철 병풍처럼 그림 같은 풍경이 펼쳐져 있는 아름다운 도시였다. 잉카 제국 번성기에는 이곳에 백만 명이나 거주했었다. 구시가지의 중심에 있는 아르마스 광장은 잉카 제국 황제 파차쿠텍의 동상이 서 있는 분수대와 쿠스코 대성당을 중심으로 아름다운 정원으로 꾸며져 있었다. 그곳은 쿠스코 관광의 핵심이라고 할 수 있을 만큼 주변에 볼거리와 먹거리로 가득 차 있었다. 대표적인 건축물은 아르마스 광장 옆에 세워진 태양의 신전인 코리칸차 신전과 산타 도밍고 교회였다.

해마다 6월 24일에는 쿠스코에서 태양신 위라코차Wirracocha를 기리는 '태양 축제Inti Raymi'가 열린다. 올해도 잉카의 후예인 인디오들이 페루 전역에서 모여들고, 세계 곳곳에서 그 축제를 보기 위해 수많은 관광객이 찾았을 것이다. 쿠스코에 갔을 때 거리에서 화려한 민속의상을 입은 구릿빛 얼굴의 인디오들과 만났고 돌로 건축된 잉카 제국 시대의 건물을 둘러본 후 아르마스 광장에서 온종일 걸어도 계속 걷고 싶게 만드는 정겨운 주택가 골목길을 걸으면서 마치 16세기 잉카 제국 속으로 시간 여행을 온 것 같다는 착각에 빠졌다.

스페인 침략자들이 잉카 제국의 비라코차 신전을 파괴하고 백여 년에 걸쳐서 지금의 쿠스코 대성당을 지었다는 가이드의 말에 가톨릭 신자인 나는 아름다운 성물들과 성화들을 둘러보는 내내 복음 선교라는 미명 아래 자행한 그들의 만행이 떠올라 마음이 무거웠다. 잉카 제국의 황금시대는 1438년부터 1533년까지 약 백년 동안 지속되었으며, 안데스산맥을 중심으로 페루부터 에콰도르, 볼리비아, 칠레 북부까지 지배하는 남아메리카에서 가장 크고 강력했던 제국이었지만 잦은 내전과 질병으로 약화되어 있었기에, 1532년 총으로 무장한 스페인의 정복자 피사로에 의해 침략을 받고 허무하게 멸망했다.

잉카 제국은 태양신 인티를 숭배하고, 잉카라는 최고 지도자가 태양의 아들이라고 믿었다. 잉카인들은 공용어로 케추아어 Quechua 語를 사용하고, 석재를 정밀하게 잘라서 접합하는 기술을 갖고 있었다. 케추아어는 끈을 사용한 문자인 키푸Quipu를 제외하곤 문자가 없었으나 스페인에 의해 로마자가 들어오게 되었고 이후 로마자로 케추아어를 기술하게 되었다. 피사로는 잉카의 지도자 아타왈파를 포로로 잡고, 궁전과 신전을 파괴하고, 수많은 금과 은을 약탈하였다. 잉카인들은 스페인의 식민지가 되어 노예로 살았고, 그들의 문화와 종교는 금지되었다. 잉카의 후손들이 1572년까지 안데스산맥에 독립적인 왕국을 유지하고 스페인과 전쟁을 벌였으나 결국 패배하였다. 하지만 잉카의 문화와 전통은 완전히 사라지지 않았으며, 지금도 페루에는 잉카의 많은 케추아족 후손이 케추아어를 사용하고 있다는 말을 듣고 나니 무거웠던 마음이 조금은 가벼워졌다.

꼬리깐차 박물관에서 찬란했던 잉카문명의 황금 유물들을 돌아보았다. 세공 기술이 뛰어났던 잉카인들이 금이나 은, 구리 등으로 만든 아름다운 장신구나 금속공예품을 보면서 감탄하여 입을 다물 수가 없었다. 또한 양털이나 면으로 다양한 색깔과 무늬의 옷이나 덮개, 가방 등을 만들었고, 흙으로 만든 동물이나 신, 인간의 모습을 담은 도자기도 볼 수 있었다. 박물관에서 나온 후 아르마스 대성당 뒷골목에서 잉카인들의 석조 기술을 잘 보여주는 그 유명한 12각 돌과 함께 정교하게 쌓은 건물의 기초들을 보았는데 수많은 돌 중에는 같은 모양이 하나도 없었고 그 크기들도 무척 컸다. 잉카인들의 석조술이 얼마나 대단한지 칼끝조차 들어갈 틈이 없었다. 아내와 나는 기념품 가게에서 민속 기념품을 사면 빌려주는 전통 인디오 복장을 차려입고 인디오들과 함께 기념사진도 찍었다.

인문학자는 아니지만, 알 수 없는 연민이 생겼다. 역사에는 가정이 없다고 한다. 16세기에 스페인 정복자들의 침략을 받고 멸망한 아메리카 대륙의 3대 문명 중에서 멕시코의 아즈텍 문명과 마야 문명을 돌아보면서 느꼈던 안타까운 마음들이 쿠스코에서도 되살아났다. 잉카문명 멸망의 비극은 아메리카 대륙에서 찬란한 문명의 꽃을 피웠던 원주민들에게 깊은 상처와 고통을 남겼으며, 세계의 인류 문화 발전에 큰 손실을 가져왔다는 생각이 들었다. 잉카문명의 문화유산은 오늘날에도 아메리카의 역사와 문화에 깊은 영향을 끼치고 있다. 잉카문명의 후손들은 아직도 고유 언어인 케추아어를 사용하며, 잉카 전통의 의상과 음식, 음악과 춤, 예술과 공예, 종교와 전통을 계승하고 있다니 얼마나 다행인가! 그저 새로운 세계 7대 불가사의 마추픽추Machu Picchu로 가는 길목이라고 생각했던 쿠스코에서 잉카 제국 최후의 슬픈 역사 속에 감춰져 있던 찬란한 문화 유적과 뜨거운 태양과도 만날 수 있었음에 감사한다.

마추픽추에서 만난 잉카문명

쿠스코해발 3,400m를 관광하는 동안 걱정했던 고산병 증세가 없어서 편하게 구경했지만, 마추픽추 관광 출발지인 아리아스 까리안테스해발 2,280m로 이동하는 버스 안에서 아내가 어지럼증과 속 울렁거림을 동반한 심한 호흡 곤란을 겪었다. 콜로라도 로키 마운틴 여행 시에도 갑자기 어지럼증을 호소했었는데 고산병 약을 챙겨오지 않은 내 불찰이었다. 물을 마셔도 호전되지 않았고 가이드가 준 산소 캔도 소용이 없었다. 쿠스코에서 마추픽추로 가는 방법은 주로 기차로 이동하는데, 버스를 타고 고갯길을 꾸불꾸불 돌면서 내려오다 보니 증세가 더 심해진 것 같아 속이 상해 여행사를 원망했다.

쿠스코에서 마추픽추까지 이동 거리는 80km로 짧지만, 두 지점의 고도차가 1,100여 미터로 계속 내려가야 하기에 흔들리는 차 안에서 내가 해 줄 수 있는 것은 집사람의 손을 잡고 다독여 주면서 간절한 기도를 드리는 것뿐이었다. 아내는 자정 가까운 시간에 도착한 마을에서 한바탕 토하고 난 후에야 정신이 들었고, 일행이었던 간호사가 준 고산병 약을 먹고 겨우 진정이 되었다. 페루를 여행하려면 고산병 약을 챙겨야 할 것 같다.

드디어 잃어버린 도시 마추픽추Machu Picchu에 오르는 날이었다. 태양과 가장 가까운 곳에 위치한 잉카 제국의 마지막 성전, 잉카인 최후의 도피처 마추픽추는 산자락에서는 그 모습을 볼 수 없어 '잃어버린 공중 도시'라고도 불린다. 그곳에 최대 만여 명이 거주했을 것으로 추정하지만, 그 많은 사람이 모두 어디로 간 것인지 또 사라진 이유가 무엇인지 아직도 수수께끼로 남아 있다. 마추픽추는 원주민 언어인 케추아어로 '옛날 봉우리'라는 뜻이다. 1911년 미국의 탐험가 하이럼 빙엄이 도시를 발견했을 때도 가재도구나 생활의 흔적들은 일절 없었고 도시 원형만 남아 있었다. 꽃보다 청춘에서는 마추픽추 최고의 장관인 아침 일출을 보기 위해서 꼭두새벽에 서둘러 올라갔으나 짙은 안개 때문에 낙담하면서 해가 뜨기만을 하염없이 기다렸던 안타까운 장면이 생각난다. 그곳은 하루에 2,500명으로 관람을 제한하고 있어서 우리 팀의 관람 시간은 오후였다. 점심으로 꾸이와 잉카콜라를 맛본 후 마을버스 크기의 미니버스를 타고 급경사의 S자 고갯길을 아슬아슬하게 올라 매표소 입구에 도착했는데 전 세계에서 온 남녀노소들로 북적거렸다. 저마다 그곳을 찾는 이유는 다르겠지만 모두가 유적지를 한눈에 조망할 수 있는 곳으로 서둘러 가고 있었다.

드디어 마추픽추해발 2,450m에 도달해 유적을 내려다보는 순간 뮤지션 이적과 유희열처럼 감격의 눈물을 흘리지는 않았지만, 눈앞에서 보고도 믿을 수 없는 경이로운 장관에 경직되어 잠시 말문이 막혔다. "백문이 불여일견"이라고 직접 두 눈으로 보았을 때의 감동은 무어라 형언하기조차 어려웠다. 주요 건물로는 해 시계, 태양의 신전, 세 창문의 방, 왕실의 무덤, 성모의 방, 성 십자가의 방, 성 십자가의 정원, 성 십자가의 샘, 성 십자가의 계단 등이 있었다. 돌계단을 내려와 중앙 신전과 해 시계를 보고, 방목되고 있는 라마와 사진도 찍으면서 거주 지역과 수로 등도 살펴봤다. 오랜 세월이 지났음에도 수로를 따라 물이 흐르는 걸 보고 있노라니 신기할 뿐이었다. 3m씩 오르는 계단식 밭이 40단이고 돌계단도 3,000개라는데 세어보지는 않았다. 기중기도 없던 그 당시에 어떻게 그 큰 돌들을 한 치의 틈도 없이 정교하게 쌓았을까? 모든 것이 경이로울 뿐이었다.

마추픽추는 '새로운 세계의 7대 불가사의'에 선정된 유적으로 1983년 유네스코 세계문화유산으로 지정되었으며, 잉카의 고전 양식으로 지어진 도시로 건축 기술과 천문학, 수학, 캘린더 등의 지식을 보여주는 곳이다. 잉카문명의 역사와 문화를 연구하는 데도 중요한 자료가 된다. 석재들은 접착제나 모르타르 등을 전혀 사용하지 않은 채 돌과 쌓아 올려 만들었다. 석재들은 정밀하게 잘라서 맞추었으며, 내진성이 뛰어났다. 마추픽추의 건물들은 주로 직사각형의 평면을 가지고 있으며, 내부 벽이 없거나 적고, 사각기둥과 초가지붕이 있었다. 마추픽추의 건물들은 규칙적으로 배치되어 있으며, 흔히 테라스와 같은 모양을 이루고 있었다.

이곳은 두 산 사이의 봉우리와 언덕을 이용하여 자연환경과 완벽하게 조화되도록 거대한 도시를 설계했다. 수수께끼 같은 의식의 묘비인 인티와타나 돌은, 천문학에 대한 잉카의 진보된 이해와 태양과의 영적인 연결에 대한 증거로 서 있었다. 잘 보존된 마추픽추의 유적을 탐험하는 건 방문객들이 잉카의 흠 잡을 데 없는 장인과 자연과 조화로운 관계를 감상할 수 있게 해 주었다. 마추픽추는 대다수 고고학자가 잉카 제국의 황제 파차쿠티가 황실 휴식처 겸 긴급 대피소 목적으로 도시를 건설한 것으로 추정한다. 이곳은 잉카의 왕실 사유지로 사용되었으며, 종교적인 중요성을 가진 곳이었다. 이곳은 16세기 초 스페인의 정복으로 인해 잉카 제국이 붕괴하면서 버려졌지만, 스페인 정복자들이 마추픽추를 발견하지 못한 덕분에 외부 세계로부터 은폐된 채로 남아있을 수 있었다고 한다.

　마추픽추를 떠날 시간이 되었다. 잉카 제국 흥망성쇠 흔적이 이곳에 남아있는 무심한 돌밖에 없다고 생각하니, 중·남미 대륙의 잊힌 3대 문명인 마야문명, 아즈텍문명 및 잉카문명을 모두 답사했다는 기쁨보다는 뭔가 안타깝고 공허한 마음을 떨칠 수가 없었다.

　'잘 있거라 큰 돌, 작은 돌, 멋진 돌들아. 나는 너를 가슴에 담고 간다!'

***
정은희

처음 나간 성경 공부 모임에서 '천국 공주님'이라는 멋진 별명을 선물 받았습니다. 내 작은 심장에서 피워낸 이야기꽃들이 누군가의 마음 밭에 떨어져 넉넉한 열매를 맺는 생명의 꽃으로 다시 피어났으면 좋겠습니다. 부족하지만 읽는이가 행복해지는 글을 낳고 싶습니다. 혹여라도 권태기에 빠져 함부로 멈춰 서지 않기를 바라는 마음입니다. 나와 등을 맞대고 살아가는 좋은 인연들 덕분에 오늘까지 넘어지지 않고 서 있을 수 있었습니다. 그분들께 온 마음 다해 사랑을 전합니다.

***
고모의 청국장

오늘처럼 화창한 날이면 그리워지는 사람이 있다.

미국 구경을 못 시켜드린 게 지금도 후회되고 미안한 세상에 하나뿐인 나의 고모다. 우리 집은 대가족에 여인 천하여서 댓돌 위에 차이는 신발짝 열 켤레가 모두 여자들 거였다. 그중 반짝 반짝 빛나는 남자 구두가 하나 있었으니, 그건 바로 아버지 구두였다. 엄마는 그 구두를 신줏단지처럼 모셨다. 아버지가 안 계실 때도 절대 못 옮기게 했다. "우리 집에도 남자가 있다, 안방에 우리 대주가 계신다"라는 무언의 암시였다.

우리 집에는 엄하디엄한 할머니를 위시하여 열 명의 여자가 살았다. 엄마는 나를 낳은 후 6·25 사변 때 아들을 낳았다. 그런데 미아리 고개 넘어 시내로 진격하던 인민군 폭격 소리에 태중의 아기가 놀랐는지 태어나면서부터 밤낮으로 울어대더니 이틀 만에 하늘나라로 갔다. 그때는 아버지가 잡혀갈까 봐 다락방에 숨기고 담요로 불빛을 가린 채 숨죽여 지내던 시기라 엄마는 아기 울음소리가 밖으로 나갈까 봐 간을 졸이며 젖을 물려 울음소리를 막았다. 그날은 제정신이 아니어서 애는 또 낳으면 되고 네가 아버지 살리고 가는구나 생각했는데, 그 후 딸만 다섯을 쏟아내고 보니 죽은 자식 고추가 금쪽보다 귀하고 아까웠다며 그날의 심경을 자책하듯 넋두리했다.

고모는 열아홉 살에 청상과부가 되어 유복자를 배 속에 품고 친정으로 돌아왔다. 고모의 시댁에서는 독자였던 아들은 급사했지만, 손자가 대를 잇게 되어 천행이라 여겼는지 태어난 지 얼마 안 된 아기를 데리고 가 버렸다. 고모는 재가도 하지 않고 양반집 체통을 지켜준 열녀로 살았다.

고모는 나와 한 방을 썼다. 우린 배짱이 잘 맞았다. 가족들이 잠든 밤이면 고모는 나를 업고 마당에 나갔다. 달을 따 주겠다고 덩실덩실 춤을 추며 하늘 높이 장대를 치켜들어 찌르기도 하고, 내 궁둥이를 꼬집고 간질이며 신들린 사람 살풀이하듯 광대굿을 한판 벌였다. 나는 그 모든 게 너무 재미있었다. 둘만의 비밀이 늘어날 때마다 이불 속에 꼭꼭 숨겼다. 아이를 내주었다고 청순가련형이거나 순둥이는 아니었다. 신여성인 손아래 올케들은 고모가 떴다 하면 경기를 할 정도로 성질이 사나운 무소불위無所不爲의 존재였다. 올케들 집에 아무리 귀한 물건이 있어도 무법자 고모 손이 닿으면 즉시 소유권이 변경되곤 했다. 그 시절 일본산 자주색 비로도 점퍼는 구하기 힘든 물건이었다. 작은 아버지가 일본에 갔다가 딸 주려고 사 왔는데, 선물을 보는 순간 독수리가 먹이 낚아채듯 고모의 가방 속으로 직행했지만, 누구도 대적하지 못했다.

고모는 만화책과 어린이 신간 서적도 소몰이하듯 몰아왔다. 최종 도착지는 내 방이었다. 고모의 한없는 사랑 속에서 나의 유년은 넘치도록 풍족했다. 남편 잃고 아들마저 내준 헛헛한 마음에 나를 들이고 핏줄처럼 여기며 정붙이고 살았다. 할머니는 젊디젊은 과부 딸의 외출을 제재했다. 주말이나 방학이 돼야 나를 파수꾼으로 붙여 외출을 허용했다. 고모는 유람도 하고, 맛난 먹거리도 사 먹고, 친척이나 친구를 만나 수다도 떨며 청상과부의 응어리진 한을 덜어냈다.

뼈 아팠던 세월이 흘러 아들이 장성하자 고모는 며느리 볼 준비를 하며 우리 동네에 예쁜 집을 장만했다. 그해 겨울, 방학을 맞은 내게 집으로 오라 해서 갔더니 청동화로에 청국장을 바글

바글 끓여주었다. 그 맛이 얼마나 구수하던지 밥 한 공기를 뚝딱
해치웠다. 시댁에서 보내준 버섯을 넣어 별미였다는 걸 보니 시
댁 어른들이 계속 챙겨준 모양이었다. 겨우내 떨어지지 않던 말
린 밤이며 입맛 없을 때 자주 해주던 잣죽이 그랬다. 생전 음식
이라고 해본 적이 없던 고모의 청국장은 고모의 퀴퀴한 땀 냄새
같이 정겨웠다. 모든 가족이 사시나무 떨듯 겁내는 고모가 나는
엄마보다 따뜻하고 다정했다. 엄마는 열 달 내 배부르고 등 따습
게 아길 업고 안아 기르며 쉴 새 없이 아들 생산 특별작전에 몰
두했기 때문이다.

기나긴 겨울밤, 심심하면 청국장 해준다고 나를 꼬드겨 잔뜩
배를 불려 놓고 군고구마에 옛이야기까지 해주다 지치면 나를
품에 안고 코를 골던 고모, 평생 얼마나 외롭고 쓸쓸했을까!

어느 해 봄날, 고종사촌 오라버니는 뾰족구두에 속 눈썹과 손
톱을 길게 붙인 애인을 모시고 나타났다. 양반가 어른들은 고부
간에 치열한 대전이 일어날 징조를 예견하고 혀를 차며 여왕의
입성을 맞았다. 허리가 굽어가는 고모에 비해 덩치가 여걸 급인
며느리의 웃음소리는 절간처럼 조용했던 집안을 들썩이게 했
다. 새색시답지 않게 변죽이 좋은 며느리는 뛰어난 사교술로 집
안의 어른과 아이를 녹다운시켰다. 일찌감치 남편은 경처가로
길들이고 속도를 내어 딸 셋을 연년생으로 뿌렸다. 고모는 인자

한 진경이 할머니로 변신해 며느님 말씀에 순종했다. 할 줄 아는 건 청국장밖에 없던 요리 솜씨도 손녀 이유식을 시작으로 발전하더니 속전속결 주방장으로 승격했다. 치열한 대전을 구경하려던 친척들은 오래 사니 별꼴 다 본다며 고개를 저었다.

며느님은 양평 시조부님께 물려받은 밤골 잣나무 숲을 강남 빌딩 숲이 될 곳으로 옮겼고, 선견지명 있는 땅 장수가 되어 땅~ 땅~ 땅~ 거침없이 진출하더니 말로만 듣던 큰손 복부인이 되었다. 아들 기저귀 한 번 갈아 보지 못했던 청상과부의 한은 진경이 할머니의 지고지순한 사랑으로 승화되어 세 손녀를 잘 키웠다. 며느리가 딸만 생산해도 욕쟁이 고모는 계집애 소리 한번 안 한다는 말을 태평양 건너오는 소식통에 의해 들을 때마다 반전 드라마의 주인공으로 등극하곤 했다. 친정 부모님이 미국에 오실 때마다 고모도 오시라고 하면 아직 손주를 돌봐야 하니 나중에 오겠다고 했는데, 이제는 올 수 없는 몸이 되었다.

고모는 지혜로운 분이었다. 세대가 다른 억센 며느리와 싸우지 않고도 이기는 법을 미리 터득하고 준비 태세를 갖춰 방어한 뛰어난 여장부였다. 평생 무색 한복만 고집했던 고모, 흔한 원피스에 구두 한 번 안 신었던 고모는 가문에 열녀전을 남겼다. 삶의 끝자락까지 자신을 지키느라 옥죄었던 갑옷을 벗어 던지고 손수 지은 베옷을 입고 떠난 우리 고모, 그곳에선 평안하신지….

예로부터 충신, 효자, 열녀가 사는 마을 입구나 집 문 앞에 홍살문을 세워 타의 모범으로 삼았다. 할 수만 있다면 내가, 고모가 떠난 길목에 일렬로 세워주고 싶다. 오늘 저녁엔 청국장을 끓여볼 생각이다.

가을이 깊어 가니 고모의 청국장이 그립다.

***

왕발 공주

창가에서 지는 해를 보고 있으려니 아버지 손을 잡고 종달새처럼 노래하며 집을 향해 가던 유년의 해 질 녘 풍경이 떠오른다. 세상에 존재하는 행복은 저마다 다르겠지만, 그 시절 내겐 아버지가 곁에 있다는 게 가장 든든하고 큰 행복이었다.

"세 사람이 함께 길을 가면 그중 두 사람은 너의 스승이니라, 세상의 모든 이치는 책 속에 있느니라. 이 세상에 영원한 것은 없으니 쉬엄쉬엄 살 거래이, 너무 숨 가삐 살지 말아라."

아버지는 늘 내 손을 꼭 잡고 교훈이 되는 말씀을 해주셨다. 살다가 지칠 때, 방황할 때, 노도 같은 분노가 밀려올 때, 벼랑 끝에 섰을 때마다 숨통을 열어준 건 기억에 저장된 아버지의 음성이었다. 분수에 맞게 행동하고, 가치 있는 시간으로 바꿀 힘을 주고, 숨 가쁜 순간을 극복할 묘약이 되어 주었다. 어느 날 보니 아버지가 인용했던 군자의 말씀을 내가 자식들에게 써먹고 있었다. 중독성이 강한 모양이다. 내겐 아버지가 성현 군자였다.

아버지께 살면서 언제 제일 행복하셨냐고 여쭤본 적 있다. 아버지는 서슴없이 첫아이였던 나를 엄마 손에서 받아 안았을 때였다고 하셨다. 첫딸에 대한 첫사랑은 유별나셨다. 어쩌다 고뿔이라도 들라치면 번쩍 안아 아버지 방으로 데려가 가슴에 품고 밤새 체온을 조절해 주었고, 쓰디쓴 가루약을 수저에 담아 손가락으로 풀어 입속에 넣어주며 지극정성으로 돌봐 주셨다. 기대가 크셨는지 어린 내게 한문과 주판을 가르치고 때론 회초리도 드셨다. 배신감에 울면 꿇어앉히고 왜 사람이 덕을 쌓고 겸손해야 하는지 깨닫게 한 훈장님 같은 분이셨다.

아버지는 서른이 훌쩍 넘어 절친한 친구 외삼촌의 여동생을 신부로 맞았다. 열한 살의 나이 차에도 금실이 어찌나 좋은지 두 분은 칠 공주의 부모가 되었다. 일본에서 신학문을 공부한 아버지는 6·25 사변 후 야간 고등 공민학교를 만들어 아이들을 가르쳤고, 어렵게 인가를 받아 중학교를 세우셨다. 넓은 학교 운동장과 건축 공사장은 나의 놀이터였다. 쓰다 남은 목재 자투리로 소꿉놀이하고, 모래성을 쌓으며 백향의 꿈을 싹틔웠다. 이스라엘 장막의 아름다운 물가에 심은 백향목이 상징했던 의미처럼 말이다. 공사는 오랫동안 계속되었고 나는 그곳에서 인부들의 새참과 사랑을 받아먹었다. 어스름 땅거미가 질 무렵이면 아버지의 손에 이끌려 집으로 갔다. 할머니와 고모, 대가족이 모여 사는 우리 집은 웃음꽃이 피는 낙원이었고, 밥상에 오르는 모든 음식이 꿀맛이었다.

공사장 모래밭과 잔디밭에서 뛰놀던 내 발은 어느새 왕발이 되었다. 키가 쑥쑥 자라는 걸 대견스럽게 생각했던 할머니는 "우리 큰애는 난쟁이 똥자루만 한 놈한테 시집갈 거야, 네 키에 맞출 남자가 몇이나 되겠냐?" 하며 놀리셨다. 나는 딱딱한 구두가 족쇄처럼 느껴졌다. 뒤꿈치를 깨물어 피가 나고 굳은살이 박이게 했던 그 구두는 용산 작은아버지의 제화공장에서 무더기로 생산하는 기성화였다. 그 시절의 가죽은 무겁고 딱딱했다. 걷다가 구두 한 짝을 벗어 앞쪽으로 휙 던지고 또 한 짝을 벗어 던지면 홀가분해서 날아갈 것 같았다. 맨발이 주는 가벼움과 상쾌함이 너무 좋았다. 내 사정을 모르는 어른들은 신상품이 나올 때마다 내게 먼저 신겼다. 내 왕발은 두꺼운 가죽을 뚫고 나올 듯 쑥쑥 자랐다. 한복에 맞는 고무신을 사려면 남대문이나 동대문 시장을 돌아야 특대 하나를 겨우 건질 수 있었다. 그래서 얻은 명예로운 호칭이 '왕발 공주'였다. 훗날 미제시장 골목에서 부드럽고 편한 구두를 찾았다. 얼마나 좋던지 살 것 같았다. 처음으로 덩치 큰 외국 사람들이 고마웠다.

세월이 흘러 칠 공주 집 딸들이 예쁘고 총명하다는 소문이 온 동네에 퍼져 나갔다. 부른 적이 없는데, 삼촌 친구와 사촌 오라버니의 친구들이 찾아와 할머니에게 넙죽넙죽 절을 하곤 했다. 그즈음 영락교회 성가대와 주일학교 교사로 봉사하느라 바빴는데, 어느 날 친구 엄마가 찾아와 여기저기서 중매가 들어오니 생각해 보라고 했다. 꿈 같은 소리라고 일축했는데, 계속 오시니 거절할 수가 없었다. 오랫동안 한 교회에 다녀 잘 아는 분이고, 그 집 아이들을 가르치기도 했던 터라 인사차 나갔다. 가보니 일가족 대여섯 분이 나와 앉아 있었다. 당황하여 밖으로 나갔다가 잡혀 들어가 결국 소개받은 남자와 명동에서 경양식을 먹고 연락처를 주고받은 후 헤어졌다.

집에 돌아와 아버지께 말씀드렸더니 당장 그 집에 가야겠으니 앞장서라고 하셨다. 양반 체통도 무시하고 암행어사처럼 출두한 아버지는 그 집 식구들을 검문하셨다. 그날 이후 아버지의 허락하에 데이트하고, 양가에 드나들었다. 딸 하나 결혼시키려면 대들보가 휘청거리고 기둥뿌리가 뽑히다던데, 딸이 일곱인 우리 엄마는 얼마나 걱정이 많았을까? 결혼을 얕잡아본 왕발 공주는 주판알 튕길 새도 없이 미국에 간다는 남자와 의기투합했다. 미국이라는 푯대가 엄마의 걱정을 말끔히 해결해 주었다. "다 생략, 아무것도 필요 없음"이라는 선포에 엄마는 사돈댁에 체면 차릴 일도, 눈치 볼 일도 없었다. 전세 비행기를 못 구해 혼수를 안 하기로 했다는 게 결론이었다. 반백 년 전에는 외국에 나갈 때 1인당 200달러만 가져갈 수 있던 시기여서 트렁크 두 개만 챙겨 공항에 갔다. 그날의 풍경을 어찌 잊을까. 사돈의 팔촌까지 모두 나와 영원히 못 볼 사람처럼 부둥켜안고 울며 영화 한 편을 찍은 후, 김포공항을 떠났다.

내 혼담이 오갈 때 엄마에게도 일생일대의 기쁜 일이 생겼다. 가문의 영광이요 동네의 경사였다. 딸만 내리 낳던 엄마의 자궁이 마지막 피치를 올려 40대 중반에 아이를 가졌는데, 엄마는 산부인과에 찾아가 임신 중절 수술을 부탁했다. 멋모르고 따라갔다가 수술한다는 소리에 충격받은 나는 정신이 혼미해졌다. 여의사는 수술하려면 남편 동의가 필요하고 나중에 아들을 원해도 다시 임신할 확률은 희박하니 잘 생각하라며 수술을 거절했다. 아버지 허락을 받지 못한 엄마는 사내아이를 출산했고, 조언해 준 의사를 고마워했다. 아버지는 점잖은 양반이라 차마 산실엔 가지 못하고 나를 밀어 넣으며 성별을 확인하고 오라고 지시하셨다. 왕년에도 그 심부름을 도맡아 왔는데, 한번 실수한 적이 있어서인지 이번엔 진짜 고추라고 해도 영 믿지 못하셨다. 아무튼 그날, 아버지는 마침내 아들을 보겠다는 숙원을 이루셨다.

엄마는 병원에서 주는 밥은 양이 안 찬다며 속이 헛헛하니 더 달라고 하여 미역국 두 그릇을 마파람에 게 눈 감추듯 드셨다. 할머니 앞에서 큰기침도 못 하던 엄마의 목소리는 부루도꾸처럼 우렁찼고, 이십여 년간 아들 못 낳아 받던 압박과 설움에서 해방되었다.

"느 언니 아무것도 안 해갔어도 미국에 시집가 잘만 살더라" 라는 엄마의 강력한 주장에 밀린 동생들은 적당한 때에 각자 능력에 맞춰 차례로 방을 비웠다. 기둥뿌리는커녕 돌멩이 하나도 안 건드리고 결혼해서 모두 잘 사니 얼마나 고마운지 모르겠다.

햇살 한 자락도 허투루 버리기 아까운 계절이다. 이런 계절이 쌓이고 또 쌓이면 떠날 날도 올 것이다. 등을 곧추세우고 촌음을 쪼개본다. 내 발은 성장을 멈췄지만, 내가 걷는 걸음이 한 걸음도 헛되지 않게 가르쳐 준 왕발 공주의 스승은 오늘도 가슴 속에 살아 계시다.

사랑하는 아버지, 잘 키워 주셔서 감사합니다.

***

네 번째 아내

추수감사절 연휴로 그의 묘지에 가보지 못했다.

사람들은 그를 만날 때마다 "영주권 나왔어요?"가 첫인사였다. 사람의 가치는 사회, 그리고 그가 살아온 길이 정한다. 인간의 번영과 쇠락도 이민자에겐 영주권이 있고, 없음이 크게 작용한다. 그는 그까짓 영주권 미국 가서 받으면 된다고 쉽게 생각했다. 매일 새로운 역사를 만나는 우리의 일상은 드림월드다. 이민자에겐 그 꿈을 이루기 위해 영주권이 있어야 한다. 없으면 불법체류자라는, 신분보장이 안되는 고달픔이 따라붙는다. 공기가 없으면 질식사하게 되는 것처럼.

박 대위는 영주권이 그렇게 중요한 줄도 모른 채 미국 땅을 밟았다. 그날 이후 그의 인생은 고장난 널뛰기가 시작되었다. 엉덩방아를 찧고, 다리가 부러지고 찢기는 상처 난 삶의 연속이었다. 서울의 한복판 종로통 대궐 근처에서 나고 자란 그는 일류대학을 나온 엘리트였다. 골목이 좁다고 뛰어다니던 의리 있는 골목대장이었다. 흰 제복에 백차를 타고 부하 사병을 대동해 어머님 집 앞에 차를 세우면, 그 당당한 위세에 이웃들이 구경 나왔고, 쌀 두어 가마를 들여와 집안 대청에 쾅쾅 내려놓으면 잘난 저 집 아들 효자라고 부러워했다. 친절하고 예의 바른 젊은 장교는 동네에서 앞날이 기대되는 유망주였다. 그는 세상의 주인이 되리라는 야망에 들떠 있었다.

그는 기업의 사장인 친한 형 회사에 자주 드나 들었다. 그러다 그곳에서 일하던 미녀 여비서에게 마음을 뺏긴 그는 파병을 앞두고 급하게 서둘러 결혼을 했다. 해병대 군악대 연주와 흰 제복을 입은 사열대 사이로 제복을 입은 해병 장교 신랑은, 눈부시게 아름다운 신부를 아내로 맞았다. 황홀하고 멋진 행사장엔 이름이 알려진 이들의 모습도 눈에 띄었다.

그는 착실히 모아두었던 통장을 아내에게 맡기며 열심히 저축해서 잘살아 보자고 굳은 약속을 하였다. 좀 더 나은 삶을 살기 위해 노모와 아내를 집에 두고 월남전에 나섰다. 목숨을 건 전쟁터에서 한 푼이라도 아끼기 위해 머리도 바리깡으로 손수 삭발하고, 전투식량인 시레이션을 따서 먹으며 끼니를 해결했다. 착실하게 아내에게 송금하며 세월과 함께 늘어나는 통장에 그의 꿈을 키워나갔다.

해가 저물면 아내를 그리며 파란 봉함엽서를 읽고 또 읽었다. 귀국 날짜를 손꼽아 기다렸다. 그 무렵, 그의 꿈은 살아남아서 고국에 돌아가 행복한 가정을 이루고 사업을 일구는 것이었다. 박 대위는 부대 안에서 모범적인 지휘관이었고 존경받는 상사였다. 요행히 부상 없이 임무를 수행하고 금의환향했다. 그리웠던 이들과 해후하며 차근차근 그의 꿈을 이루어 나갈 계획을 세웠다.

그러던 어느 날 우연히 열어본 아내의 통장은 빈 깡통이었다. 사연인즉 친정 남동생 사업자금과 어머니의 병원비로 쓰다 보니 지출이 많아졌다는 거였다. 동생의 사업이 잘되면 돌려준다고 했다는데, 그 사업은 희망이 없었다. 비정하리만치 그의 꿈은 산산조각이 났다. 그의 마음은 불편해졌고 변화가 일기 시작했다. 아내가 지어놓은 밥상에 입맛이 씁쓸했다. 그저 하늘이 노랗고 온몸에서 기운이 빠져나갔다. 창피해서 어디에 하소연 할 수도 없었다. 그의 삶은 빛을 잃고 어두운 골목 막다른 곳에 내던져졌다.

노모와 손위 누님은 목숨걸고 전쟁터에서 번 돈을 식구들과 의논도 없이 탕진했다며 차라리 이혼하고 떠나라고 종용했다. 그는 괴롭지만 자비롭게 아내를 이해하려고 애썼다. 많은 질문이 밀려와도 답을 얻을 수 없었을 때, 넓은 세상으로의 '탈출'이라는 글자가 섬광처럼 스쳐 지나갔다. 어차피 한국에선 아무것도 없으니 해볼 수 있는 게 없었다. 새로운 곳을 찾아가 보자고 마음먹었다.

여권 브로커에게 모든 수속을 부탁하고 선금을 건넸다. 그러나 시간이 지나도 진척이 없어서 그를 잡으러 미아리 산동네를 쫓아다녀야 했다. 일 년 육 개월이 지나서야 겨우 비행기를 탈 수 있게 되었다. 자신을 보좌하던 후배 동생을 데리고 함께 떠나기로 했다. 첫딸이 태어난 지 열흘 만에 그는 고국을 떠났다.

귀신 잡는 해병대 헌병 대장 박 대위는 미국에 오자마자 영주권 없는 불법체류자 신분이 되었고, 여권도 사진을 바꿔 붙인 가짜임을 알게 됐다. 무소불위 헌병 대장은 맥없이 주저앉아 영주권 받을 방법을 찾아 나섰다. 시민권자와 결혼하는 게 가장 쉬운 방법이라고 했다.

절망 속에 힘든 시간을 보낼 즈음 불청객이 찾아왔다. 결혼 전 사귀던 여자였다. 갈 곳이 마땅치 않으니 당분간 함께 있자고 했다. 난감한 결정이긴 하지만 머나먼 타국에서 그냥 내칠 수 없어 해주는 밥을 얻어먹기로 했다. 무쇠로 된 이성이 아니라, 부드럽게 그의 마음을 쓰다듬는 그녀의 말에 빠져 온갖 모순과 갈등 속에 허우적대다가 인간의 속성으로 빨려들었다. 두 남자는 서울에는 비밀로 하고 당분간만 그리하자고 의견을 모았다. 어차피 지금은 가족을 데려올 수도 없으니, 때가 되면 제자리로 돌리기로 했다. 그의 마음을 자신도 갈피 잡지 못한 채 여자는 임신을 했고 두 번째 딸아이가 태어났다. 일이 복잡해지고 수렁 속에 발목이 잡혔다.

"네 마음을 지키라, 생명의 근원이 이에서 남이니라 잠언 4:23."

마음은 인격이며, 모든 행동의 결정은 마음일 것이다. 미련한 마음에서 출발한 잘못된 행동은 그의 인생을 망망대해 짙은 안개 속으로 던져 언제 항구를 찾아갈 수 있을지 불안했다. 사람을 잘 가려서 만나야 하는데, 질서와 도리를 지키지 못하고 어물쩍대다 제 발등을 찍었다.

그즈음 박 대위는 큰 교통사고를 당해 무릎 수술을 받고 뻗정다리가 되어 쩔뚝거리게 되었다. 일을 할 수 없게 되자 새로운 사업을 구상했다. 친구가 하던 조그만 일식집을 인수해 솜씨 좋은 애 엄마를 주방에 넣고 그는 기둥서방 노릇을 하게 됐다. 장사가 잘되고 형편이 나아지자, 애 엄마는 연하의 젊은 요리사와 눈이 맞아 가출하였고, 천추의 한이었던 면사포를 쓰고 정식으로 결혼식을 했다. 울화가 치민 박 대위도 홧김에 미국 혼혈 여자와 새살림을 차렸고 시민권자인 그녀를 통해 십오 년 만에 영

주권을 받았다. 세 번째 여자와는 문화적, 정서적으로 맞지 않는
데다 언어소통마저 안돼서 서로의 필요를 충족한 후 결별했다.

영주권으로 날개를 단 그는 한국으로 날아가 조강지처와 딸을
만나 함께 여행하며 재결합을 시도했다. 너무 오랜 이별은 서로
가 불편했고 낯설어 성사되지 못했다. 딸아이는 자신들을 버려
둔 아비를 원망했고, 허탈한 해후가 되었다.

그 이후 부지런히 서울을 오가다 우연히 만난 사십 넘은 노처
녀 간호사를 만나 속전속결 곧바로 임신이 되었다. 공항에서 본
그녀는 만삭의 몸으로 임신 팔 개월이라 했다. 네 번째 아내도
딸을 낳아 곳곳에 세 딸을 뿌렸다. 박 대위는 난생처음 자식을
키워 시집을 보냈다. 네 번째 아내는 여자가 여럿인 줄 모르고
미국까지 따라왔다고 분노했다. 미국에 대한 실망과 남편에 대
한 원망으로 가정은 치열한 전쟁터였고 이십 년 가까운 나이 차
로 갈등이 심했다. 딸아이는 아비를 짐승 보듯 경멸했다. 심심찮
게 경찰을 불러와 육박전을 벌이고 경찰서로 연행하곤 했다.

네 번째 부인은 여러 여자와 아비 없이 자란 어린 자식들을 가
슴 아프게 한 대가를 치러야 한다며 언론의 자유를 맘껏 구가하
고, 생전 듣지도 못한 지주를 쏟아부었다. 뉴욕 딸 집에 있다가
가끔 와서 돈을 다 거두어 딸 통장으로 돌려놓았다. 박 대위가

팔십 대 초반에 이르자 아예 양로원에 넣고 가보지도 않았다. 철저히 현대판 고려장을 당한 박 대위는 비실비실 죽음을 향해 걸었다. 연명 연장 기구를 떼겠냐고 양로원에서 남편에게 전화가 왔다. 우리는 보호자가 아니니 부인과 딸에게 연락하라고 전화번호를 주었다. 먼 친척 형이지만, 우리 집에서 오 분 거리 양로원에 밀어 넣고 돌보지도 않으니, 인생이 처량해 우리 부부가 찾아가서 돌보았다.

그는 조강지처와 일주일 간격을 두고 함께 먼 길을 떠났다. 화장하여 장례를 치렀다. 빈손으로 홀로 왔다가 빈손으로 홀로 떠났다. 그렇게 왔다가 가는 게 인생인데, 우리의 삶이 마음먹은 대로 되는 게 아님을 살아보고서야 아는 게 문제다. 잘 살고 싶지 않은 사람이 어디 있을까. 하지만 살다 보면 의도치 않게 얽히고설키는 순간들이 있다. 그렇기에 인간에게 주어진 정도를 걸어야 함을 새삼 깨닫는다. 나 하나만 잘해서 되는 일이 아닌 건 분명하지만, 나만이라도 잘해보자는 마음으로 살다 보면 얽히고설킨 인생의 문제를 풀어나가는 해법이 되지 않을까 생각해 본다. 혹여 잘못된 길이었다면 돌이키려는 노력도 필요하고 아니면 어느 선에서 매듭짓고 앞으로 나가는 지혜도 필요한 게 아닌가 싶기도 하다. 어쩔 수 없는 운명이었다고 치부하기엔 그 운명에 상처받고 유리하는 가족들, 특히 자녀들의 모습이 안타까웠다. 누구라도 그처럼 될 수도 있고 아닐 수도 있다. 선택은 자신이 하는 거다. 그래서 잘 산다는 게 두렵고 무겁다.

　이번 주말엔 그의 묘지에 가 봐야겠다.

첫아들

창밖에 하늘은 거울같이 맑고 나뭇가지마다 단풍이 고와서 마치 여기가 천상인가 싶은 가을이었다. 내가 좋아하는 계절이기도 했다.

10월 중순 어느 일요일 새벽, 산통이 시작되었다. 동대문 이화여자대학교 부속병원에서 나의 왕자는 첫울음을 터트리며 내게로 왔다.

'오~ 어찌 이런 축복이!'

눈물 나도록 기쁘고 경이롭고 행복했다. 우리 모두에게 크나큰 축복이었다. 쪼끄만 녀석은 손을 입으로 끌어당기며 이쪽저쪽으로 젖을 찾았다. 간호사가 내 품에 안겨준 아기는 젖을 물리자마자 이미 다 배우고 태어난 듯 익숙하게 젖을 물고 빨았다. 짜릿한 천륜의 교감이 몰려왔다. 만족할 만큼의 수유가 이루어지지 않았다. 초산의 산모여서 젖몸살이 심했다. 자궁 양수의 바다에서 밀려 나오느라 힘들었을 아기를 바라보니 전율이 느껴져 나는 울고 있었다.

아이가 태어나기 전과 태어난 후 엄마가 된 한 여인의 마음이 완연히 갈리는 순간이었다. 인생사 첫 만남이 시작되는 찬란한 순간이며, 첫 경험의 설렘과 기대는 풋풋하고도 어설펐다. 아기의 조그만 손을 잡고 "내가 엄마야. 오느라고 수고했어, 고마워" 하고 속삭였다. 아기가 자궁 안에서 문을 열고 나오느라 힘들었는지 머리 부분에 잠시 쉬었던 자국이 확연했다. 많이 고생했구나 싶어 마음이 짠했다. 아기를 선물로 주신 하나님께 진심으로 감사드렸다.

산고를 치르며 간구했던 기도가 생생하다. "이제는 의심치도 않고, 따지지도 않고, 기분 나쁘게 하지도 않겠습니다. 나의 교만을 용서하시고, 손가락 발가락까지도 건강한 아기가 태어나게 하옵소서"라고 간구했고, 아이를 잘 키울 수 있는 청지기의 사명을 감당할 힘 또한 달라고 기도했었다. 세상과 인간의 역사를 다스리시는 조물주는 내게 강력한 징표를 체험케 해주셨고 능치 못할 일이 없는 그를 신뢰케 하셨다.

그날이 마침 주일이어서 이웃교회 찬양대원들이 병실을 찾아와 아기의 탄생을 축하하며 찬양해 주었다. 기대하지 못한 축하를 받았다. 친척들은 꽃바구니를 들고 몰려왔다. 큰 축제였다. 친정아버지는 "우리 딸이 엄마보다 낫구나. 잘했다, 장하다, 고맙다"하시며 기뻐하셨다. 엄마 닮아 딸만 낳을까 봐 은근히 걱정하셨단다.

　이목구비가 반듯한 건강한 사내아이는 얼마나 잘 웃는지 마치 해님 같아 이모들은 '스마일 베이비'라고 불렀다. 머리숱이 많고 길어서 옆으로 가르마를 타 노랗고 둥근 큰 머리핀을 꽂아주면 마치 예쁜 여자아이 같았다. 만나는 이마다 예쁘고 잘 생겼다고 칭찬해 주었다. 아기는 이 세상에서 내가 본 어떤 남자보다 제일 잘 생겼고, 사랑스럽게 쑥쑥 잘 자라주어 고마웠다.

　"아무리 작고 약하고 어려도 어린이 역시 한 명의 인지력을 가진 존재이며, 그 안에 어른보다 더 찬란한 보물을 가지고 있습니다. 그 보물이 찬란하게 빛날 수 있도록 슬기롭게 닦아주는 것이 바로 어른의 의무입니다. 우리의 할 일은 가르치는 일이 아니라 스스로 자기 발달을 할 수 있도록 돕는 것입니다."

　아이를 키우며 교육학을 공부할 때 자주 듣던 'Maria Montessori' 여사의 말이 떠올랐다. 왠지 모르겠지만, 그 말이 새삼 새롭게 와 닿았다.

미국에 먼저 가 있던 남편은 머리 짜내어 이름을 지어 보냈다. 배냇저고리부터 아기용품, 먹일 분유까지 box, box 싸 보내고 애태우며 우리를 염려했다. 곧 남편 따라 미국에 갈 줄 알고 시작한 수속 절차는 아이 첫돌이 지나고 나서야 끝났다. 그날만 애타게 기다렸던 남편은 비행기를 타고 날아와 시어머니와 나와 아들을 이끌고 미국에 입성할 수 있었다. 남편은 넓은 아파트에 아이가 뛰어놀 수 있게 새 카펫을 깔고, 넓은 방에 아기의 놀이방까지 준비해 놓았다. 미국에 오니 어린이 천국이었다. 좋은 장난감과 영양 풍부한 아기 음식이 나를 유혹하여 열심히 사들인 덕에 아이의 키와 체중도 불어났다.

서울에서는 교직 생활을 하느라 육아는 시어머니가 담당해 주셨는데, 미국에 와서는 아이와 24시간을 함께 할 수 있어 행복했다. 아이는 어린이집에서도 교회에서도 배우는 대로 척척 따라 해 천재가 아닌가 싶었다. 일등을 놓치지 않았고, 부모가 미국 교육시스템을 몰라 실수투성이인데도 혼자 알아서 척척 잘했다.

돌이켜 생각해 보면 나는 바보 엄마였다. 여러 가지 해프닝이 많았는데, 그중 하나는 아들을 하버드대학교 썸머스쿨에 보냈을 때였다. 저녁 무렵 학교에 도착한 아들에게서 전화가 왔다. 기숙사에서 밥을 안 줘서 저녁을 못 먹었다고 했다. 등록하고 식대를 안 내서 벌어진 일이었다. 낯선 곳에서 온종일 고생하고 도착해 남들이 다 먹는 저녁밥을 굶었던 아들 생각을 하면 지금도 너무 미안하고 슬프다. 발음이 제대로 안 되는 엄마의 영어 실력은 늘 엉터리여서 자녀들을 혼란스럽게 했다.

하루는 손님을 초대했다. 생선전을 부치려는 데 밀가루가 부족했다. 아들에게 가까운 곳에 자전거 타고 가서 사 오라고 부탁했다. 한참을 지나도 함흥차사였다. 나중에는 무슨 일이 생긴 건 아닌지 걱정이 되었다. 한참 후 뙤약볕에 땀을 뻘뻘 흘리며 돌아온 아들이 하마처럼 웃으며 예쁜 꽃다발을 내밀었다. 꽃집을 찾아 멀리 원정 쇼핑을 해 온 그는 전쟁에 승리한 장군처럼 엄마의 심부름을 완수한 기쁨에 자랑스러운 모습이었다. 손님들을 위해 식탁에 놓을 꽃을 사 온 거였다. 아이를 끌어안고 궁둥이를 두드려주었다. 'Flour'를 'Flower'로 발음한 미련한 어미로 인해 무더운 여름날 아이를 생고생시킨 나 자신을 질책했다. 그럼에도 아이는 나를 향해 늘, 엄지척을 해주었다.

노스웨스턴대학에서 경제학을 전공한 후 시카고 대학에서 MBA를 하고, 연세대학에서 다시 경영학을 졸업한 학구파임에도 부모에게 학비 부담을 전혀 주지 않았다. 제 앞가림하며 부모에게 효도하는 아들, 내 눈에는 세상에서 제일 잘생긴 미남이다. 오뚝한 코와 두툼한 입술로 씨익 웃으며 "You are the best mom in the world"라며 끌어안을 때면 나는 세상에서 가장 행복한 엄마가 된다.

한국말이 엄마 아빠보다 유창한 아들은 우리들의 선생님이다. 부모의 일상을 늘 확인하며 화상 통화로 오늘은 어떻게 지냈는지, 뭘 먹었는지, 아픈 데는 없는지 등을 물으며 부모의 안녕을 점검하는 잔소리꾼이다. 미련한 어미에게 신이 내려준 보물이며 큰 축복에 감사한다. 참으로 멋진 아들에게서 아련한 향수와 사랑이 느껴진다. 귀한 나의 보배, 내 사랑하는 아들이 인류 사회에 훌륭한 본보기가 되고 귀감이 되길 소망해 본다. 무탈한 인생의 평범한 행복을 만끽하길 빈다. 돌아보면 지난 시간이 어제만 같은데, 내게 참된 행복을 가르쳐 준 스승이다. 내 아들은 내게 가족이라는 천국의 기쁨을 맛보게 해주었다.

아무리 생각해 봐도 세상에 태어나 내가 가장 잘한 일은 첫아들을 낳은 거였다.

***

접지

올봄, 가정의로부터 건강에 대한 심각한 경고를 받았다. 노인성 질환인 혈압, 당뇨, 콜레스테롤 3종 세트가 생겼다는 진단을 받고 약 처방을 받아 지어왔다. 많은 약을 밤낮으로 나눠 복용하니 부작용이 생겨서 한동안 심한 어려움을 겪었다. 두 달 사이에 체중이 15파운드 빠지고 잦은 설사로 기력도 떨어져 깜빡깜빡 졸기도 했다. '늙어 간다는 게 이런 거로구나, 어쩔 수 없으니 다 받아들이자. 산에 누워있는 사람도 있으니까'하고 편하게 마음먹었다.

의사는 무조건 체중조절과 운동을 하라는데, 운동이라면 다리 한쪽 드는 것도 싫었다. 궁여지책으로 우선 유산소운동이라도 해보려고 숲속 걷기를 시작했다. 어디를 가서 어떻게 걸을까 고민하던 중에 마침 혈압이 자꾸 올라가서 걷기 운동을 시작했다는 친구가 공원을 걷자고 제안했다. 따라가 보니 집에서 5분 거리였다. 수십 년 동안 매일 지나면서도 그곳에 공원이 있다는 것조차 모르고 살았다. 미국엔 동네마다 공원이 흔하다 보니 무심히 지나친 모양이다. 그곳에 가보니 햇볕이 따가운 오후 서너 시에도 바람이 불고 그늘도 있었다. 쭉쭉 뻗은 아름드리 고목은 화씨 100도가 넘는 한 여름에도 청량했고 울창한 숲은 발걸음을 가볍게 했다.

두 시간 정도 걸어도 될 만큼 산책로가 이어진 숲길은 고목이 우거진 산림욕 코스였다. 중간에 Nature's Center가 있어 에어컨이 팡팡 도는 휴게실에서 물도 마실 수 있고, 깨끗한 화장실에서 손도 씻을 수 있으니 금상첨화였다. 옆에는 물 맑고 깨끗한 데스플레인즈강이 유유히 흐르고 있어 천 년의 숨결을 느끼며 평온한 치유의 시간을 가질 수 있었다. 넓은 숲속 공원에는 군데군데 벤치가 놓여 있었다. 강바람을 마시며 준비해 간 김밥과 시원한 과일주스를 마시며 잠시 휴식을 취하니, 신선이 된 듯도 하고 가을 나들이를 나온 기분도 들었다. 그늘진 벤치에 누웠다. 하늘을 올려다보니, 흰 구름 사이로 초록 바람이 일렁였다.

아침 8시부터 오후 5시까지 개장하는 그곳은 각종 단체의 Summer School 프로그램에서 온 어린 학생들이 많다. 그곳엔 야외 체험을 하는 프로그램이 있어 의자나 테이블, 휴게시설이 잘 되어 있고, 캠핑해도 좋을 만큼 휴양림으로 다양한 숲길이 조성돼 있다. 어린이 체험관에는 각종 새가 있어 여러 가지 체험과 자연을 만끽할 수 있다. 매끈한 몸매를 자랑하는 수령 백년 내외의 토종 고목들이 군락을 이루고 있어 옛날 원주민 개척자들이 마차를 타고 미시간 호수 북쪽 위스콘신 주로 이동할 때 쉬어 가던 명소였던 듯하다. 지금도 인디언들의 정취가 짙게 배어 있다. 훌륭한 목재가 될 만한 나무도 제법 많아 나라에서 관리하고 있으며 모든 코스가 안전하고 완만하여 두어 시간 걷는 데 무리가 없다.

나무숲에 들어서면 미세한 바람에도 나뭇잎이 팔랑거리고 자기들끼리 부딪치며 재미있게 재잘거리는 듯하다. 아름드리나무 아래 앉아만 있어도 청량감이 느껴져 휴식을 즐길 수 있다. 강가에 있는 녹색 대숲은 푸른 강물과 어우러져 독특한 매력을 준다. 곳곳에 설치된 벤치는 쉼터라기보다는 소품에 가까워 한 폭의 아름다운 그림 같다. 벤치에 앉아 긴장을 풀고 땀을 식히며 담소를 나누다 보면 어디서 왔는지 한낮에도 모기떼가 팔, 다리를 공격하여 오래 앉아 있지 못함이 복병이나 처서가 지나면 모기도 입이 삐뚤어져 물지 못한다고 하니 위로가 된다.

아담한 숲길은 별다를 게 없는데, 가끔 안전모를 쓰고 자전거를 탄 젊은이가 동굴 속 같은 산책로를 천천히 달리며 찌르릉찌르릉 정겨운 소리를 낸다. 광활한 숲속에 인적이 드물어 한국 같으면 이런 곳에 얼마나 많은 인파가 몰릴지 생각해 본다. 분명 공원으로 조성된 곳이기에 사람의 손길이 닿아 더 안정적이고 친환경적인 분위기일 거다. 인간의 흔적이 닿아서 더 친근하고 편안한 자연이라니 얼마나 바람직한가. 그럼에도 현실은 인간의 발길이 닿을수록 생태의 균열이 오는 경우가 허다하기에 때론 몸을 사리게 된다. 자연과 인간은 한치도 다르지 않다. 건강한 몸을 위해서 음식과 운동과 잠을 잘 병행해야 하듯, 건강한 자연을 유지하기 위해선 해야 할 바를 인지하고 그를 위한 노력이 필요하다. 환경 개발이라는 명목 아래 무분별하게 자행되는 자연 훼손이나 파괴 행위를 멈추고 숲이나 생태 공원 등을 조성해서 생태계의 평형이 유지되도록 애써야 할 것이다. 그런 생각에 이를수록 현재 주어진 환경에 감사하지 않을 수 없다. 이렇게 좋은 천혜의 자연경관을 무시하고 산 지난 세월의 게으름이 후회되었다.

이어지는 숲속 산책로는 요리조리 오솔길과 넓은 길이 골고루 조성되어 매일 가도 다른 코스를 경험하는데, 중간쯤에 모랫길도 나오고 자갈길도 나오고 나무껍질을 깐 화단 같은 길도 나온다. 웅장한 나무뿌리들이 길에 버티고 있어 걸리기도 하는데, 거기서부터는 맨발로 나무뿌리를 밟으며 지압을 한다. 황토나 모 랫길에서는 맨발로 올라선다. 처음에는 발바닥이 아프기도 하고 간지럽기도 해서 옆 사람 팔을 잡고 걸어야 했는데, 차차 익숙해 지니 그 기분은 말로나 글로 표현할 수 없는 감동으로 다가온다. 숲속 걷기를 즐기던 중 우연히 시도해 본 맨발로 걷기, 오늘도 신 발을 두 손에 들고 접지earthing를 시도했다. 맨발에 느껴지는 촉 감과 함께 지구를 접하고 있는 내가 자연인이 됐다는 느낌이 차 오른다. 흙에서 와서 흙으로 돌아가는 게 인간 아니던가. 언젠간 흙으로 돌아갈 육신이 흙을 맨발로 느끼며 걷다 보면 하늘과 땅 사이에 선 나는 천.지.인이 된다. 자연인이요, 자유인이다.

"네가 선 곳은 거룩한 땅이니 네 발에서 신을 벗으라."
왜 주님은 모세에게 네 발에 신을 벗으라고 하셨을까? 문득 성 경의 그 말씀이 뇌리를 스친다. 나는 천천히 걸으며 기도했다.
'내 걸음이 주님보다 앞서지 않게 해주세요. 내 걸음이 주님을 떠나지 않게 해주세요'라고.
맨발의 산책로는 어느새 기도의 숲이 되었다. 고난을 통하여 단련된 믿음처럼, 광야 연단은 힘드나 접지의 경험을 통해 광야 를 통과한 사람은 심신이 부드러워짐을 깨닫는다.

숲속 풍경은 주님의 마음을 품은 대자연의 걸작이다.

＊＊＊

우정이 꽃 피는 계절

요 며칠 시카고에 비가 내렸다. 봄이 곧 올 모양이다.

아침 일찍 일어나 집 옆에 있는 공원을 걸었다. 모처럼 갠 하늘에 떠오르는 태양이 웃어주는 것 같았다. 단잠에서 깨어난 잎새마다 맺힌 물방울들이 영롱한 햇살을 받아 우주를 품었다. 그 곁을 지나려는데, 내 옷자락을 툭툭 건드렸다. 연초록이 짙어 가던 지난봄, 그 길을 걸으며 친해졌다고 오랜만에 나타난 내가 반가웠던가 보다. 지나가던 청둥오리도 알은체하며 꽤엑~꽥 인사를 했다. 어느새 가족이 늘었는지 예쁜 새끼들이 엄마 뒤를 뒤뚱거리며 줄지어 따라샀나. 종종 호숫가 산책로에 똥을 싸서 걷는 이의 미간을 찌푸리게도 하지만, 앞뒤에서 새끼를 챙기며 걸어가는 오리 부부를 보니 흐뭇했다. 금실이 좋아 보였다. 산책을 마치고 돌아와 오랫동안 미뤘던 정기 검진을 하러 병원에 갔다. 숨쉬기 운동만 하던 내가 산책할 마음을 먹게 된 건 의사의 권유 때문이었다.

석 달 전, 피검사 결과 당뇨와 콜레스테롤 수치가 높아져서 약 처방을 받았다. 이삼일 먹어보니 컨디션이 저하되고 기분도 안 좋아서 음식으로 조절해 보자는 생각에 의사와 상의도 없이 약을 끊었다. 지은 죄가 있어서 오늘 아침엔 산책까지 했던 거다. 예상대로 의사는 늘어난 체중과 마음대로 약을 끊은 무식한 처사에 대해 더 무식하게 화를 냈다.

"내 말을 안 들으려면 왜 여길 옵니까? 다른 의사를 찾아가세요, 돌연사의 주범은 부정맥이고, 고혈압은 소리 없는 살인자라는 걸 모르십니까? 빨리 죽고 싶어요? 약을 안 먹어도 남편은 보고만 있어요?"

남편까지 싸잡아 한심하다는 듯 바라보며 심부전이나 뇌졸중으로 확대될 위험이 크다고 했다. 오늘은 아주 담판을 짓겠다고 결심했는지 으름장을 놓았다.

칠십 평생 성공과 행복을 찾아 청춘을 불태우며 살았다. 나이가 드니 녹색 신호등이 적색 신호등으로 바뀌었는지 몸에 경고등이 켜진 모양이다. 일순간 오싹했다. 그는 나와의 작별을 예고

하기 시작했다. 문밖에 환자들이 기다리고 있는데, 한 시간 반 동안 문을 닫아 놓고 나와 독대하느라 시간이 길어졌다. 돈으로 환산하면 얼마나 될까? 환자 열 명은 더 볼 수 있는 시간이었다.

"나 돈 안 벌어도 좋으니까 내 말 잘 들어."

그는 약이 잔뜩 올라 있었다. 그런 몸으로 내가 한국에 간다고 하니 한심하고 불안한 모양이었다.

그는 학교 동창인 내 친구 남편이다. 나이 들고 늙어 가니 친구처럼 지낸다. 우리는 1964년에 처음 만났다. 나는 여고 2학년이었고, 그는 의대 1학년이었다. 그 당시 그는 내 짝꿍과 연애를 시작했고, 나는 깍두기처럼 끼어 다녔다. 훗날 우린 좁은 세상을 벗어나 더 넓은 세상으로 나가 꿈을 펼쳐보자며 한국에서 탈출했다. 낯설고 물선 땅에서의 삶이 녹록지 않아서 한동안 어디에 사는지도 모르고 소식이 끊긴 채 살았다.

이민 초 어느 날, 한국 식품점에 장 보러 갔다가 우연히 친구 부부를 다시 만나게 되었다. 우리는 반가움에 서로 부둥켜안고 널뛰듯 뛰었다. 만나야 할 사람은 그렇게 다시 만나게 되는 것 같았다. 그 후 서로의 집을 오가며 지냈다. 한때 나를 "하늘대는 코스모스, 너무 예쁜 계집애"라고 불러주었던 유일한 친구였다. 믿거나 말거나 나도 왕년에는 날씬했고, 게다가 예쁘기까지 했다는 걸 증명해 줄 산증인이 생긴 셈이다.

운이 좋았는지 우리는 남편 수입이 괜찮아서 새집을 샀다. 노모와 함께 우리 집에 방문한 친구 남편은 의사의 자존심이 상했는지 "남편이 돈을 잘 버나 봐요"라고 한마디 던졌다. 자리가 편치 않아 보였다. 그는 Moon Night인가, 달빛인가 하는 야근을 추가로 뛰며 열심히 사는데도 월급이 적어서 친구는 재봉틀로 아이들 옷을 만들어 입혀야 했다. 우리는 모두 열심히 노력하여 인생을 한 땀 한 땀 꿰고, 지경을 넓혀가며 차곡차곡 눌러 담았다. 차츰 친구네도 생활이 펴고 부유해졌다. 반백 년 동안 행복과 성공의 고지를 향해 순록의 청춘을 불태웠고, 미국에 와선 고단한 이민자의 삶을 나눴다. 서로를 위로하고 응원하며 걸어왔던 우리는 칠십 대 후반이 되었다. 약속한 건 아니지만 어느새 자란 친구 아들과 우리 아들이 노스웨스턴대학을 같은 해에 졸업하여 우리는 2대에 걸친 동문 가족이 되었으니, 인연도 보통 인연은 아닌 듯하다.

어느새, 그도 은퇴를 준비하고 있다. 은퇴하면 내 건강을 걱정하며 혼낼 사람이 없다고 생각하니 벌써 서운해진다. 그와의 긴 면담은 의사와 환자가 아니라, 친구와 우정을 나눈 값진 시간이었다. 의사라는 고정 관념을 깨고 틀에서 벗어난 새로운 모습에서 우리들의 시대가 저물어 가고 있음을 실감했다. 그는 좁은 공간에서, 자유로운 몸짓으로 훨훨 날았고 몸짓마다 평온한 안식을 찾는 노인의 모습이 보여 아름답기도 했다. 제도를 거스르는 그의 행동 속에 해탈이 있었다. 주름진 그의 얼굴에서 디아스포라 슈바이처 같은 모습이 겹쳤다. 주어진 자리에서 열심히 일해 온 친구가 못내 자랑스러웠다. 피검사를 다시 하고 오늘은 그의 지시를 순순히 따랐다. 당분간은 매주 목요일 그와 면담을 위해 병원에 갈 것이고, 처방해 준 약도 착실히 먹기로 했다.

곧 내 조국에 방문한다. 하지만 내 조국이라고 힘주어 말하던 그 땅에 묻히진 못할 것 같다. 내 자손들이 살고 있는 필연의 땅, 시카고에 내 무덤을 마련해 두었기 때문이다. 광활한 땅, 인간의 고뇌가 다 덧없음을 깨닫게 해 주었던 미국에서 오랜 세월 살았다. 비옥한 토양에 반세기 전 뿌렸던 씨앗이 싹 트고, 모진 바람이 불었음에도 열매가 하나둘 맺혔다. 톺아보니 모든 게 감사하다. 잘 살아온 것도, 소중한 인연과 함께해 온 것도 포함해서 말이다.

봄비로 촉촉해진 땅에 꽃씨 한 줌 심어야겠다. 뿌리내리고, 잎이 돋고, 꽃피고, 열매 맺는 것을 지켜보며 또 그렇게 한 계절을 보낼 것이다. 열매가 없으면 또 어떠하리. 바람의 도시에서 함께 흔들리고 버티며 살아냈다는 것만으로도 감사하지 않은가. 모종이 자라면 친구 집에도 몇 뿌리 들고 가야겠다.

우리 우정에도 고운 꽃이 필 것이다.

***
작가 소개

김추산
서울에서 태어나 신학과 문예창작학을 공부했다. 이십 대엔 잡지사와 출판사에서 취재·편집 기자, 편집장으로 일했다. 사반세기 이민자로 살아가며 놓았던 글을 지천명에 다시 시작해 수필 신인상, 단편소설 공모에 입상한 바 있다. 현재《달라스문학》책임편집위원, 격월간 수필 전문지《에세이스트》편집차장,《주간포커스》문학칼럼리스트로 활동 중이다.

박인애
인천에서 태어나 서울에서 성장했으며 서른 후반에 미국으로 이주했다. 경영과 문예창작학을 전공했다. 달라스한인문학회 회장 역임 및 국내외 문학단체 임원으로 일하고 있으며, 실향민들의 모임인 북텍사스이북도민회 회장으로 봉사하고 있다. 여러 장르의 글쓰기를 좋아하고《LA 한국일보》와《KTN》에 기고하고 있으며, 문예지 편집 및 수필 강사로 활동 중이다. 해외한국문학상, 세계시문학상, 정지용해외문학상 등을 수상했다. 에세이집으로『수다와 입바르다』,『인애, 마법의 꽃을 만나다』. 시집으로『바람을 물들이다』,『말은 말을 삼키고 말은 말을 그리고』를 출간하였고, 6·25 전쟁수기집『집으로』를 엮었다.

백경혜

글쓰기 수업에 처음 들어갔던 날을 기억한다. 이십 년 미국살이가 숨가빠 책도 제대로 못 사 읽던 시절이었다. 《에세이문예》 수필 부문 신인상으로 등단했고, 2023년 재외동포문학상 수필 부문에서 상을 받았다. 서울에서 태어나 가정학을 전공했고 항공사에서 십 년 동안 근무했다. 2004년 대한 암학회 수기 공모전에서 대상을 받은 바 있지만, 이민 후에도 글쓰기를 하게 될 줄 꿈에도 몰랐다. 꿈꾸는 사람들과 연대하며 함께 성장하는 이 길에서 현재 달라스한인문학회 회원 및 《KTN》 칼럼니스트로 활동하고 있다.

이지원

서울에서 출생하여 미국으로 이주한 1.5세로 UCLA 사회학과(사회심리학)를 졸업했다. American Institute for Paralegal Studies, Inc.에서 법무사 자격증을 수료하였다. 성극, 연극 배우, 사회자, 시니어 모델로 활동하였으며, 2006년 《해외문학》, 《재미수필》 수필 부문에 신인상을 받았다. 미주한국문인협회, 크리스천문인협회, 해외문인협회 회원으로 활동 중이고, 수필집 『함께 세상을 날다』를 출간하였다.

전명혜

"Global Children Foundation"에서 오랜 세월 봉사하며 회장을 역임했다. 그 단체는 "세상의 모든 어린이는 행복할 권리가 있다"라는 목적하에 굶주린 아이들에게 도움을 주는 단체이다. 뉴욕에서 이화여고 총동창회 회장으로 홍보용 소책자와 문서 등을 만든 경험이 있다. 그림과 오페라에 관심을 두고 활동 중이다.《월간문학》에서 수필로 신인상을 수상했으며, 한국문인협회 회원이다.

정만진

서울 출생으로 2004년 휴스턴에 이주했다. 지난 40여 년간 한국전력과 가스공사 및 Sempra LNG에서 에너지 산업 발전에 이바지한 후 은퇴한 LNG Specialist로서 국립서울과학기술대학 기계공학과를 졸업하고 서울대학교 건설최고경영자과정APMP을 수료했다. 2019년 제58회《에세이문예》신인문학상을 받아 등단했으며, 2018년 텍사스 중앙일보 예술대전에서 수필 부문 최우수상을 수상하여 동 신문 문학 칼럼니스트로 활동한 바 있다. 2019년 고희 기념 자전 에세이 『LNG와 함께한 山水有情 人間有愛』 출간하였다. 미주가톨릭문인협회, 미주한국문인협회, 달라스한인문학회 회원으로 활동 중이다.

정은희

서울 출생으로 1973년 미국 시카고로 이주하였다. 경희사이버대학교 문예창작학과 졸업하였으며, 2006《해외문학》제10회 시 부문 신인상, 2011 경희해외동포문학상 시 부문에 수상한 바 있다. 2024《월간문학》수필 부문으로 등단하였다. 한국문인협회, 예지문학회 회원으로 활동 중이다.

***

추천사

유성호(문학평론가, 한양대학교 국문과 교수)

 미국에 거주하는 7인의 수필가가 그야말로 무지갯빛 작품집을 묶었다. 이분들은 이중언어bilingual 환경에 놓인 이민자 문인들로서, 이민생활에 따른 보람과 행복을 우리에게 살가운 언어로 전해준다. 가족이나 모국에 대한 사랑 그리고 자신이 살아온 시간에 대한 애착도 아름답게 노래해 간다. 그럼으로써 현실과 꿈 사이에서, 모국과 이국 사이에서, 기원origin과 현재형 사이에서, 자신을 존재하게 했던 모어母語의 지극한 힘을 보여주는 것이다.

 이분들의 글에는 "문장과 문장 사이에 눌러 담은 작가의 진심"(박인애)이 가득 흐르고 있다. "가슴으로 느낀 생의 찰나들"(김추산)과 "흔들리다 그 자리에 새로운 돌기"(백경혜)가 자라는 순간이 깊이 새겨져 있다. "장애물이 지나고 나면 성장의 밑거름"(이지원)이 되듯이 "마음 밭에 떨어져 넉넉한 열매를 맺는 생명의 꽃"(정은희)이 훤칠하게 자라기도 한다. "자신이 지나온 삶을 나누고 공감했던 문우들"(정만진)과 함께 누군가의 "가슴에 남을 수 있는 한 문장"(전명혜)을 건져 올리는 이분들 마음이 간절하고 애잔하게 다가오고 있다.

때로 이분들은 바닷바람을 타고 들려오는 몽돌의 노래를 받아적고, 서로에게 용기를 주는 자유와 사랑을 노래하며, 덕 있는 사람이 되어갈 날들을 헤아리기도 한다. 돌멩이 하나도 함부로 대하지 않으신 아버지를 그리워하고, 어제 일처럼 펼쳐지는 고향 새장골을 추억하고, 모종이 자라면 친구 집에 들고 갈 설레는 마음을 들려주기도 한다. 그 안에는 사라져간 순간을 향한 기억과 애도와 그리움이 있고, 흔치 않은 감동을 만들어가는 위안과 치유와 긍정의 마음이 출렁이고 있다. 결국 이분들은 타자에 대한 사랑과 인류 보편의 언어까지 더해가면서 현실에서는 불가능한 궁극적 존재 전환을 함께 꿈꾸고 있는 것이다.

"작가에게는 쓰는 게 호흡"(박인애)이라는 선명한 존재론적 자각을 안은 채, 오래도록 자신만의 글쓰기를 이어가면서, 이민문학사의 한 페이지를 더욱 아름답게 기록해가기를 마음 깊이 희원해본다.

***

추천사

손홍규(소설가)

 글을 읽다 보면 글을 읽는다는 사실을 까맣게 잊어버리는 순간이 있다. 그런 순간 문장은 읽는 이의 가슴속으로 냇물처럼 흘러들어와 고인다. 독자는 어느새 따뜻하고 부드러운 엄마의 품에 안긴 듯 평화로워진다. 만약 한 편의 글이 삶에서 태어난 거라면 그 글이 돌아가야 할 곳 역시 삶의 한복판일 테다. 그러니까 글이 되돌아간 자리, 바로 읽는 이의 가슴이 삶의 한복판인 셈이다. 누구라도 그렇다. 외롭고 쓸쓸하거나 슬프고 비참하거나 그게 누구든 그이가 삶에서 한 걸음 비켜나 스스로를 이 세상에서 떼어 놓으려 할 때, 글은 이렇게 속삭여준다. 걱정하지 말라고, 어디로 움직이든 그곳이 당신 삶의 한복판이라고, 당신은 언제까지나 당신 자신이므로 어디로도 추방하거나 따돌릴 수 없노라고. 독자가 이 말에 귀를 기울이면 글은 자신의 할 일을 다한 셈이다. 그런 식으로 한 편의 글도 자기 자신일 수 있게 된다.

여기 일곱 명의 작가가 저마다의 숨결을 불어 넣어 생생하게 되살려낸 삶의 이야기들이 있다. 일곱 작가의 글을 읽다 보면 글을 읽는 게 아니라 다정하고 관대한 누군가를 마주한 채 대화를 나누고 있는 듯한 기분이 든다. 내가 알았던 이들이 어느새 내 주위를 둘러싸고 반갑게 안부를 묻고 근황을 전하고 내 소심한 고백에 위로의 말을 건네고 내 손을 잡아끌어 시야가 확 트인 곳으로 가서 해 지는 풍경을 가리킨다. 나는 내가 살아온 삶의 궤적을 더듬으면서 지금 내가 골몰하는 슬픔을 직시하게 되고 내가 잃어버렸거나 무심히 지나쳐왔던 것을 떠올리게 된다. 바로 여기 일곱 명의 작가가 나를 그곳에 데려다주었다. 내 것임에도 내 것인 줄 몰랐던 귀하고 소중한 삶의 순간들을 재연하여 서로 다른 시공간에서 각자의 삶을 감당해 온 누구라도 그이들과 더불어 추억을 떠올리고 슬픔과 기쁨을 나눌 수 있도록, 우리 모두 한 마리 새처럼 날기 위해 가볍게 태어난 존재임을 일깨워준다.

나는 오래도록 모국어란 모국의 산과 들, 강과 하늘을 닮은 거라고 여겨왔다. 나의 모국어는 거기에서 태어나 나와 더불어 자랐기에 내가 사랑한 풍경들이 스며들어 모국어 역시 내 삶의 풍경이 된 거라고 여겨왔다. 그런데 여기 일곱 명의 작가는 대부분 모국을 떠나 타국에서 오랜 세월을 살아가며 삶의 기슭에 이르렀다. 그이들이 추억하는 모국은 모국에만 있는 게 아니었다.

그이들은 사랑하는 사람과 더불어 살아가는 삶의 한복판인 텍사스, 뉴욕, 엘에이, 시카고… 어디든 그곳에서 모국어로 안부를 묻고 모국어로 웃고 울면서 이처럼 모국어로 글을 써왔다. 모국의 하늘은 모국에만 있지 않고 그이들이 선 자리 어디에서나 그이들을 굽어보고 있었다. 텍사스의 들판과 뉴욕의 하늘과 시카고의 산에도 모국이 어른거리고 그이들의 뺨을 스치고 지나가는 바람에도 모국이 깃들어 있다. 한 사람의 이주는 그의 모국 전체가 이주하는 것과 같다는 사실을 비로소 알겠다. 그이들이 타국에서 가꾸어 온 모국어에는 그 나라의 바람 소리도 실려 있다. 그러니 어찌 여기에 실린 일곱 작가의 글을 읽으면서 사무치지 않을 수 있을까.